ロクデナシには惚れません

李丘那岐

幻冬舎ルチル文庫

CONTENTS ✦目次✦ロクデナシには惚れません

✦カバーデザイン＝久保宏夏（omochi design）
✦ブックデザイン＝まるか工房

イラスト・ヤマダサクラコ✦

ロクデナシには惚れません

一

「好きだって、伝えればよかった……」

うつむいた女性の唇から、か細い声がこぼれた。黒髪の間から覗《のぞ》く白い耳はほの赤く染まり、溢《あふ》れて落ちた涙がアスファルトをぽつぽつと濡《ぬ》らす。大事そうに胸にかき抱かれた黒い携帯電話はまるで位牌《いはい》のように見えた。

携帯電話の持ち主は、どこかからこの様子を見ているだろうか、声が聞こえただろうか。しかし、たとえ見ていても聞いていても、もうなにも彼女にしてあげることはできない。

弱冠二十歳《はたち》の青年は、アルバイトから帰る途中で酔っぱらいの喧嘩《けんか》に巻き込まれ、命を落とした。こんなにも早く、こんなふうに理不尽に生が断たれるなんて、誰も想像しなかった。

「すごくすごく好きだったのに、なんで言わなかったんだろ。なんで……」

その携帯電話には、たくさんの笑顔が詰まっていた。中でも一番多かったのがこの女性の笑顔で、付き合っていたのかと思ったら、互いに片想いだったらしい。

青年は想いを告げることなくこの世を去り、女性は何度も何度も後悔を口にする。

人はみないつ死ぬかわからないと知りながら、自分は明日も生きていると信じている。だからこそ生きられるのかもしれないが、死は誰の身にもいつか必ずやってくる。

伊崎真悟《いざきしんご》が憧《あこが》れだった刑事になれたのは半年と少し前のこと。すでに何度か「理不尽な死」をその近しい人に告げた。きっとこの作業に慣れることはないだろう。

今回は被害者が、年若い青年である上に、女手一つで育て上げられた一人息子《むすこ》だった。遺体確認にやってきた母親の、魂《たましい》を引き裂かれたかのような慟哭《どうこく》は、今も耳に残っている。

一刻も早く、なにがなんでも犯人を捕まえると、その時心に誓《ちか》った。ちょっとでも抵抗しやがったら、死ぬ一歩手前くらいまではぶちのめしてもいい、と自分に許可した。

犯人は酔《よ》って喧嘩中に、たまたまそこを通りかかった青年にも手を出し、複数回殴《なぐ》りつけて昏倒《こんとう》させ、逃げた。目撃者がすぐに救急車を呼んだが、青年は意識を取り戻すことなく亡くなった。

加害者が見ず知らずの他人であることは、複数の目撃証言で明らかだったから、今回は被害者の関係者に聞き込みを行う必要はなかった。だからこの女性にも会う必要はなかったのだが、被害者の母親に頼まれたのだ。

携帯電話の中で息子と笑っている女性を捜してはもらえないだろうか、と。

被害者は役者を目指して上京し、アルバイトに明け暮れていたため、田舎《いなか》にいた母親は今の交友関係をまったく知らず、捜しようがなくて警察を頼ったのだ。

上司は、それは警察の仕事じゃないから探偵でも紹介してやれ、と言った。それは正論だが、やつれきった母親にそんなことを言えるわけがない。

俺が必ず捜し出します、と伊崎は個人的に請け負おうとした。しかしそれより先に、

「任せといて、こんなのちょちょいのちょいだから。捜査《そうさ》のついでに捜しといてあげる」

軽い調子で請け負ったのは、先輩刑事の南元和毅《みなもとかずき》だった。

南元は母親の肩《かた》を大きな手で抱き寄せると、ニッと笑ってみせた。その明るい笑顔に、ずっと疲れた顔をしていた母親もつられたように微笑《ほほえ》んだ。

南元という男は誰に対してもこんな調子だ。気安く親しげで、ごく自然に触る。

百九十センチ近い長身と、鍛《きた》え抜かれた逞《たくま》しい肉体を持つ南元は、顔も野性的で荒削りな感じなので、表情なく立っているとけっこう怖い。睨《にら》みつけられた犯人はその迫力にすくみ上がってしまうほどだ。

しかしその印象も、ニッと笑っただけで一変する。目尻《めじり》が下がり、口角は上がり、温かくて大きな手のひらは触れた人を安心させる。凶暴な熊が着ぐるみのクマに変化したように、威圧的だった身体《からだ》の大きさも安心感にすり替わる。

一般市民には親しまれ頼られ、犯罪者には恐れられる刑事。人間的には多少問題もある男だが、刑事としては伊崎の理想だった。見習いたい気持ちはあるのだけど、その自然な笑顔やさりげないボディタッチは、伊崎にはかなりハードルが高い。

今だって泣いている女性を目の前にして、笑顔で安心させてやることも、優しく肩を抱いてやることもできずにいる。ただ突《つ》っ立って見ているだけ。

南元は伊崎の横に立っているが、相方に任せたことについて、自分がしゃしゃり出たりはしない。黙って見守っている。

基本的な容姿なら南元より伊崎の方がずっと人当たりがいい。伊崎の身長は百七十センチ台半ば、体型も南元と比べればかなり細身で、基本的にいつもスーツ姿。全体に色素は薄めで、柔らかそうな髪とくっきりした目が印象的な優男。ただ常に表情は硬い。

少しの間、携帯電話を抱きしめて泣いていた女性は、泣きやまぬまま顔を上げた。

その思い詰めた顔はハッと目を引くほど美しかった。

女性は未来の女優だ。被害者と同じ小さな劇団に所属し役者を志している。

告白すればきっと恋人になっていただろう。一緒に舞台に立っていたのかもしれない。おとずれるはずだった楽しい未来は、すべて真っ黒に塗りつぶされた。

もう取り返しがつかない。

「木村《きむら》くんを殺した犯人、絶対、絶対捕まえてください！」

遺《のこ》された者の望みで叶《かな》えられるのはそれくらいしかない。それに応えられることが嬉《うれ》しい。

真っ赤な目で真《ま》っ直《す》ぐに見つめられ、伊崎は強くうなずいた。

「もちろん。必ず逮捕《たいほ》します」

「木村くんはあんたの笑顔が好きだって友達に言ってたらしい。だからこれからも、彼のために笑って生きて」

南元がそう言って肩を叩《たた》くと、女性は泣き笑いのような表情を浮かべた。

「あの、木村くんのお母さんに、ありがとうございましたって伝えてください。木村くんはすごく頑張ってて、すごく素敵な人で、大好きでしたって……ずっと大好きですって」

女性は携帯電話を名残惜《なごりお》しげに伊崎の手に戻しながら言った。

「わかりました、ちゃんと伝えます。どうか気を落とされずに」

伊崎はそんなありきたりのことしか言えなかったが、彼女は気丈に笑ってくれた。

車に戻ると、いつも助手席に座る南元がなぜか運転席に座った。

「え？　俺が運転しますよ」

「泣きながら運転されたんじゃ危なくて」

そう言って南元はニヤッと笑った。

「な、泣いてないし、泣かないし！　運転は俺の方が巧《うま》いですから。どいてください」

「まあまあ、いいから、いいから」

伊崎は運転席のドアを開けてその腕を引いたが、どっしり座った身体はビクともしない。伊崎だって腕っ節にも握力《あくりょく》にもそれなりの自信はあるのだが、南元が相手では分が悪すぎる。

筋骨隆々《りゅうりゅう》。顔立ちも、頬骨《ほおぼね》が高く鼻筋はくっきりと口も大きい。なにかにつけ豪快なイメージの男は格闘マニアでもある。いろんな格闘技に手を出してはマスターするのを趣味としていて、立派な体軀《たいく》は驚くほど機敏に動く。

最近は刑事もスーツが基本だが、南元にスーツを着ろと言う人はいなかった。

黒いパーカーにグレーのワークパンツ、ごついエンジニアブーツ。パーカーは防刃の特別仕様、ワークパンツもブーツもなにかブランドものらしい。上から下まで南元なりのこだわりの品らしいのだが、見た目は休日の格闘家といった感じで、そのこだわりがわかる者は少なかった。

一般人からはただのラフな格好にしか見えないはずだが、苦情が出たことはない。上司の小言はお得意の笑顔と屁理屈《へりくつ》で煙に巻く。

何事にも我が道を行く南元は、無理を通す達人なのだ。

伊崎は諦めて助手席に収まり、南元は鼻歌混じりに車を発進させた。刻まれているのはエイトビートだが、なんの曲なのかはわからない。伊崎が流行に疎《うと》いせいもあるのだろうが、南元の音程はたぶん合っていない。

その気の抜けた調子に、重く塞《ふさ》いでいた心が少しだけ軽くなった。

南元には泣いていないと言ったが、泣きそうだったのは確かだ。しかしそれは顔には出ていなかったはず。

ポーカーフェイスにはわりと自信がある。

子供の頃の伊崎はカッとしやすい性格で、喧嘩っ早かった。それを心配した親によって、厳しいことで有名な剣道場へと放り込まれ、そこで礼節と平常心を叩き込まれた。腕が上がるほど感情は外に出なくなり、中学三年で全国制覇《せいは》を成し遂《と》げた時には、鉄仮面などと呼ばれるほどになっていた。その後、少しばかりグレて睨みをきかせる生活をしていたために、目つきは悪くなったが、仲間内では冷静沈着で通っていた。

警察官になってからは「親しまれつつ舐《な》められない表情」を身につけるべく試行錯誤してきたが、あまり成果は上げられていない。それどころかこの半年ほどで目つきの悪さが復活してしまった。

南元にとって自分は、無愛想で可愛《かわい》げのない後輩だろう。しかしどんなにいきがって突っかかっても、南元がペースを乱すことはない。自然体でありながら、親しまれつつ舐められない男。

自分との器《うつわ》の違いを見せつけられている気分になる。

「なんで俺が泣くなんて思ったんですか？」

問いかけはやっぱり突っかかるような口調になった。

人前で泣くなんていつからしていないだろう。筋金入りの負けず嫌いで、人に泣き顔を見せるなんてプライドが許さない。

「んー？　なんでかなあ。なんかそういう気がしたんだよなあ。顔にはあんまり出ないけど……いわゆる刑事の勘ってやつ？」

「いいんですか、刑事の勘で。外れですよ」

コンビを組んでまだ半年ほどだが、南元の勘が外れたのをまだ見たことがない。今回も外れてはいないが、当たりだと認めることはできなかった。

「そうか？　まあ別にいいけど」

あっさり引かれれば敗北感を覚える。意地を張った自分がひどく子供っぽく思えた。

今はまだ太刀打《たちう》ちできない。そう思える人が隣にいることが悔しいけれど嬉しい。

南元は伊崎より五つ歳上の三十歳。刑事歴は六年ほどだが、とても優秀な刑事だということは他の署にも知れ渡っていた。本庁の捜査一課に、という声は度々上がるが、何事にもキチッとしていないと気が済まない捜査一課長との相性が最悪で、双方《そうほう》共に拒否しているらしい。そのおかげで自分が組めているのだから、一課長には感謝すべきなのかもしれない。

「泣いたってしょうがない。俺は絶対犯人を捕まえます」

犯人を捕まえても失われた命は戻らないけど、報《むく》いは必ず受けさせる。逃げ得なんて絶対に許さない。伊崎は密かに拳《こぶし》を握りしめた。

「いいねえ、その熱さ」

笑いを含んだ声で言われ、ハッと拳を開いた。

「あ、熱くはなってません。刑事として当然の使命感です」

熱くなっているのを見透《みす》かされるのは格好悪い。熱は内に秘め、努力は人に見せぬもの。それは武道家に多い考え方かもしれない。伊崎もそれが当然だと思っているから、努めて冷静に言ったつもりだった。

なぜわかったのだろう。運転している南元に見えぬよう、ドア側の拳を握ったのに。

「そう？　まあそれならそれでいいけど」

やっぱり南元は軽い調子で自分の主張を引っ込めた。またしても敗北感。

しかし南元は、引いても納得したわけではない。捜査中に何度かそういうところを目にした。根拠のない勘だと否定されても、それを覆《くつがえ》す事実が出てこない限りは、引き出しの中にしまってあって、最終的には根拠の方を見つけ出してくることも少なくない。

普段ののほほんとした風情も、もしかしたら自然体ではなく、能ある鷹《たか》が意識して爪《つめ》を隠している姿なのかもしれない。

「南元さんは熱くならないんですか？　あんまり見たことないような」

伊崎にはまだ南元の本質が摑《つか》めていなかった。刑事の勘も働かない。

南元は冷静だけど冷めた感じではなく、かといって熱くもなく、ぬるま湯のような雰囲気を醸《かも》し出しているがぬるま湯なんてことはない。

つまり、さっぱりわからない。

「なに言ってんだよ、俺はいつでも熱いぜ？　ちょっと頭を使うとすぐ熱が出るからな」

「子供ですか」

なにを訊《き》いてもたいがい冗談ではぐらかされるのだ。

刑事として経験を積んでいけば、南元のように鋭い勘が働くようになるのか。それとも持っている資質の問題で、頑張ってもどうにもならないことなのか。

しかしそんなのは悩んでも意味がない。自分がどうかなんて、やってみなくてはわからないのだから。今の自分に確実にあるのはやる気だけ。悪いことをした奴《やつ》は絶対に捕まえる。その強い気持ちだけ。

捜査員はみなそんな単純な使命感を胸に、勤務時間の規定などあってなきがごとしの過酷《かこく》な労働に従事している。

目撃証言から犯人の人相着衣を割り出し、現場周辺の店から徐々に範囲を広げて根気強く当たり続けた。そんな地道な努力が実を結び、やっと「似てるかも」という声に辿《たど》り着いた。

事件現場からは離れた店だったが、そこの常連客によく似ているという。

実際に殴り殺した実行犯と、それを煽《あお》っていた従犯の二人連れ。いつも一緒に店に来て、大きな声を出して騒ぐという酒癖の悪さも、それぞれの身体的特徴も一致していた。

名前などの詳しい情報はわからなかったが、月に一度くらいは現れるらしい。前に来たのがいつかは覚えていないが、そろそろ現れるのではないか、という曖昧《あいまい》な証言を信じて張り込むことにする。もう来ない可能性もあるが、どんな細い手がかりの糸も切り捨てることはできない。

「あーあ、俺、張り込みって嫌いなんだよなあ、退屈で」

南元はだるそうに言って、助手席の背もたれを倒し、ダッシュボードに足を上げた。狙《ねら》ってのことかどうかはわからないが、どこから見ても張り込み中の刑事には見えない。伊崎もハンドルに身体を被《かぶ》せ、休んでいるような体勢で目だけを周囲に光らせた。酔っぱらいが車中で休憩《きゅうけい》しているように見えるはずだ。

「嫌いでも集中してください。いつ来るかわからないんだから」

伊崎は前を向いたまま注意する。

「集中なんて、そんなに続くもんじゃねえんだよ。集中力ってのは瞬発力なんだから」

「なんでもいいです、とにかく逃がさなければ。せめて犯人くらい捕まえてあげないと、お母さんが気の毒すぎる。告白できなかった彼女も、夢半ばで断たれた本人も……。犯人の将来をぶった切ってやる」

暗い路地を睨みつけて吐き捨てた。もしかしたら犯人は今も平然と飲み歩いているのかもしれない。そう思うと怒りが込み上げてきて、警察官失格の発言をしてしまう。それでも最後の一言は聞こえないよう小声にしたのだが、聞こえてしまったらしい。隣からクククッと笑い声がした。

「やっぱり熱いじゃん。ザキはそういうの、もっと出していけばいいと思うよ」

チラッとそちらを見れば、南元は口の端《はし》を上げて楽しそうにこちらを見た。

ザキというのは伊崎のあだ名だ。三ケ森署《さんがもりしょ》の強行犯係に着任した際、課長に「いさきしんごくんだ」と紹介され、「いざきしんごです」と「ざき」を強調して訂正したところ、そこだけが採用されてそう呼ばれるようになった。呼びはじめたのは南元だ。

それは少し嬉しかった。南元はその時すでに伊崎の憧れの人だったから。

「出すと際限なくなるんで」

伊崎は素《そ》っ気《け》なく返す。憧れの人への態度ではないと自分でも思うのだが、どう接すればいいのかさっぱりわからないのだ。

元々人付き合いはうまい方ではなく、一番付き合いの長かった親友に拒絶されてからは、なにかにつけて自信がなくなってしまった。こんな言い方では嫌われてしまうかもと思っても、機嫌を取るような物言いはできない。

「いいじゃん、いいじゃん。出していけよー。俺は好きよ、そういうの」

南元の懐《ふところ》の広さにかなり助けられている。

「別に……南元さんに好かれたいとか思ってないし」

それに比べて自分は小さい。嬉しいとあまのじゃくになってしまう。自分の中にある感情を隠したくて、鎧《よろい》だけじゃ見透かされる気がして剣まで突き出す過剰防衛。わかっているけどやめられない。

「頑《かたく》なだねえ。俺はそういうの、こじ開けたくなっちゃう質《たち》なんだけど、オッケー？」

「オッケーなわけないでしょ。こじ開けてもなにもいいものは出てきません。放っといてください」

「ザキはいいものじゃないと思ってても、俺にとってはいいものかもしれないし？　なんか放っとけないいんだよなあ。もっとリラーックスして、楽しくやろうぜ」

「人が死んでいるのに楽しくなんて不謹慎《ふきんしん》です」

「んなこと言ってたら、ずーっと辛気《しんき》くさい顔をしてなきゃならなくなるぞ。この商売、長く続ける気があるなら、もっと肩の力を抜け。被害者が俺たちに望んでるのは事件の解決、それだけだ。楽しむな、なんてせこいこと言わねえよ」

南元の言うことは正しいのかもしれないが、大っぴらに同意はしかねる。

「せこくてすみませんね。楽しめない俺は、刑事に向いてないのかもしれません」

伊崎は元々、白バイ隊員になりたくて警察官を志したのだ。高校を卒業し、警察学校から交番の巡査《じゅんさ》を経て、二十二歳の時にその夢は叶った。交通機動隊に配属されて厳しい訓練を受け、やっと一人前の白バイ乗りとして扱ってもらえるようになった頃に、思わぬ転機がやってきた。その転機を作ったのが、南元だった。

遠くから追いかけるつもりが、いきなり近いところに来てしまって、本当は気後ればかりしている。理想が隣にいたら、自分の駄目なところばかり目について卑屈になってしまう。

「向いてるかどうかなんてのは俺にもわかんねえよ。でも精神的にも肉体的にもきっつい仕事だから、情熱がないとやっていけない。熱いのは大いに結構。思ったことはできるだけ口に出して腹に溜《た》めんな。喧嘩する勢いで突っかかってこい」

南元は胸ポケットから煙草《たばこ》を取り出して口にくわえ、伊崎を見てニヤッと笑った。

「じゃあ遠慮なく言わせてもらいますが、車内は禁煙です」

伊崎は無表情に冷たく言い放った。

「えー、そこは見逃そうぜ。犯人には厳しく、俺には優しく」

「南元さんは緩すぎます」

ぺーぺーに説教じみたことを言われても、南元は気を悪くした様子もなくニヤニヤしている。この人の真面目《まじめ》と不真面目の境目は紙一重《かみひとえ》で、犯人を前にするとスッと別人に変わる。集中力は瞬発力と自分で言った通り、一瞬で切り替わる。

その瞬間を目の当《まあ》たりにして、伊崎は心を持っていかれてしまった。格好よかったのだ、本当に。ヒーローだと思ってしまった。

三年前のことだ。当時、白バイ隊員だった伊崎は、駅前で男がナイフを手に暴れているという無線を聞き、近くを走行中だったため現場に急行した。

いつも賑《にぎ》わっている駅前のロータリーは不気味な静けさに支配され、遠くにパトカーと救急車のサイレンが聞こえていた。到着しているパトカーは二台。路上には点々と、うずくまる人、倒れている人、そしてそれを介抱する人がいた。

野次馬《やじうま》たちが遠巻きに視線を向けている中心、駅の出入り口近くに男がひとり立っていた。年の頃は二十代後半。中肉中背《ちゅうにくちゅうぜい》。ざんばらの髪で服は黒ずくめ、右手に血のついたナイフを握っている。

制服警官が二人で左右から声を掛けて男を制しようとしていたが、男はやみくもにナイフを振り回し、近づくなと叫んでいる。

まだ警官の手が足りていなくて、伊崎は自分がどの役割を担うべきか迷った。交通機動隊としては交通整理をするのが正しい職務だろう。

しかし、白バイで犯人に突進すれば取り押さえられるのではないか……そんな思いが頭をよぎった。バイクは手足のように扱える。逮捕術にもそれなりの自信がある。犯人制圧は急務だ。

脳内でシミュレーションを行い、覚悟を決めてスロットルを握る。走り出そうとしたところで、野次馬の中から若いビジネスマン風の男性がひとり飛び出すのが見えた。警官の制止を無視して駅構内へと向かう。

新たな獲物《えもの》を見つけた犯人は、喜色を浮かべてそちらに駆け出した。

「みんな死ねぇ！　死んじゃえぇぇええ!!」

血を求めるナイフに操られるかのように、犯人は切っ先を男性に向けて真っ直ぐ突進していく。男性は足を止め、ファイティングポーズを取った。ボクシングの心得《こころえ》があるのか、ポーズは決まっている。しかし犯人はすでに人として正常ではない。

「駄目だ、逃げろ！」

伊崎はヘルメットの中で叫び、タイヤを鳴らして急発進した。

犯人が突き出したナイフを男性はボクサーらしい動きで避けたが、犯人の動きに法則性はなく、男性が避けた方向に身を捩《よじ》り、背中から体当たりして腕を振り回した。ナイフは男性の腕を切り、二人はもつれあいながら路上を転がって、止まった時には犯人がマウントポジションを取っていた。

ボクシングならここでレフェリーが止めに入るところだが、ナイフは男性の首筋にあり、警官たちは容易に近づくことができない。伊崎も数メートル手前でバイクを止め、ヘルメットを取って飛びかかる隙《すき》を窺《うかが》う。

その時、犯人の背後から近づく人影が見えた。柄シャツにデニムというラフな格好ながら、音も気配もなく走り寄る、その動きはプロのものだった。

犯人は気づいていなかったが、組み敷かれていた男性が気づいてしまい、助けを求めようとする。犯人がそちらに目を向けようとするのを見て、伊崎はとっさにバイクを倒した。

ガシャンッと大きな音がして、犯人は反射的にこちらを見る。

その瞬間、犯人の首に背後から腕が巻き付き、後ろへ引き倒した。のけぞって倒れた犯人を腹ばいに組み敷き、背中に膝《ひざ》を当てて動きを封じる。

一連の動きには無駄がなく、まるで訓練された軍人のようだった。

犯人は胸を圧迫されて苦しげにもがき、ナイフを背後に振り上げて刺そうとする。が、その腕は易々《やすやす》と摑まれ、捻《ひね》り上げられた。

「ぐあ、痛、痛い！」

「なんだ、痛みは感じるのか？　試しに刺してみてもいい？」

奪い取ったナイフの切っ先を犯人の目に向ければ、犯人は「ひっ」と悲鳴を上げておとなしくなった。

「判断能力はあるっぽいなあ。ね？　白バイくん」

ニッと笑顔を向けられ、伊崎は「あ、はい」と答えた。

「手錠《てじょう》かけて。持ってるよね？」

伊崎は慌てて腰から手錠を取り出し、逆らう気力をなくした両手にかける。

すると野次馬からワッと拍手が起こり、男はそれに応えるように片手を上げてみせた。犯人を立たせ、制服警官に引き渡す。

「きみが気を引いてくれたおかげで助かったよ。でもバイク大丈夫？」

「あ、いえ……」

「大丈夫じゃないよね。でも、バイクで犯人に突っ込もうなんて、可愛い顔してなかなか豪快なこと考えるねえ」

バイクに入っているだろう傷のことを思えば暗い気持ちになるが、今はそれどころではない。すごく興奮していた。すごく格好よかった。

「あ、あの、あなたは……」

興奮しすぎてうまく言葉が出てこない。一瞬でファンになってしまった。

「ああ俺は通りすがりの刑事。久々の休みなのに働いちゃったよ。自然に身体が動くんだから、職業病だな、これは」

「……ということは、丸腰ですか？」

「そりゃもちろん。刃物とか持って暴れてる奴を見ると反射的に身体が動いちまう病なんだ。そこのお兄さんも同じ病を患ってるのかもしれないけど、治した方がいいよ？　命がいくつあっても足《た》りないから……って、もう治ったか」

ボクサー男性はまだ呆然《ぼうぜん》としていたが、声を掛けられてばつの悪そうな顔でうつむいた。

到着した救急車に怪我人《けがにん》が収容されていく。犯人も連行され、パトカーから降りてきた人たちを見て、通りすがりの刑事と名乗った男は顔をしかめた。

「くどくどうるさいのが来たから、後はよろしく。あんまり待たせるとハニーが拗《す》ねるんだよ、じゃ」

行ってしまおうとするから慌てて名前を訊いた。

「え？　あの、お名前は⁉」

「二ツ橋《ふたつばし》署の南元。だけどできれば匿名《とくめい》で。手錠かけたのはきみだからね。後の書類とか諸々はよろしくー」

手を振って南元は逃げるように去っていった。自分の手柄にしようという気はまるでないらしい。

この異常事態も刑事にとっては日常の延長。凶悪犯を追い詰めるのが仕事である以上、命は常に危険に晒《さら》されているといっていい。

伊崎も交番にいた頃には、窃盗犯《せっとうはん》を見つけて組み伏せたり、少年の集団と大立ち回りを演じたりしたし、白バイ隊員になってからは凄惨《せいさん》な事故現場を何度も見た。普通の人よりは異常事態に接している。警察官というのは危険が付きものの仕事だ。

しかし、自分の命を脅《おびや》かされるような危険に遭遇《そうぐう》することは滅多《めった》にない。次元が違うのだ。命も顧みず、そうするのが当然というように身体が動く。まるでヒーローだ。単純に格好いいと思った。

これも同じ警察官の仕事なのだと思うと、なんだかドキドキして、時間が経つほどに落ち着くどころかさらにドキドキして、もっとよく知りたいと思った。

知りたいのはその仕事をなのか、南元という人をなのかわからなかったけど、日を追うごとに想いは募っていった。

白バイの交通取り締まりだって人の命を救うためにやっている。無謀《むぼう》運転で失われる命をひとつでも減らしたい。事故を起こさなければ違反をしてもいいと思っている人が多いが、そういう気持ちが事故を生むのだ。

嫌われてもやるべき意義のある仕事だと誇りを持っていた。その気持ちは変わらないが、どうしようもなく惹《ひ》かれてしまったのだ。

子供の頃から勧善懲悪《かんぜんちょうあく》のヒーローものは好きだったけど、現実世界にヒーローはいないと思っていた。でも、いた。

自分がヒーローになりたいのか、ヒーローに近づきたいのか、あるいは両方か。

悩んだ末に異動願いを出し、自動車警ら隊を経て刑事になった。いつか南元と同じ職場に配属されるかもしれない、とは思っていたが、まさか最初の相棒が南元になるとは、運がいいのか悪いのか。

近づきたかっただけなら、もう目標は達している。でもまったく満足していない。今の自分では足りない。

「ヒーローが普段はだらしなかったり、ロクデナシだったりってのは、あるあるなのかね」

伊崎は横目にチラッと南元を見て、ハンドルに載せた手の中で呟《つぶや》いた。

「なんか言ったか?」

「いえ、別に」

幻滅したわけではない。今も尊敬している。ただ近づきすぎて、知らなくてもいいことまで知ってしまってちょっと複雑なのだ。

伊崎の視線はずっと店の周辺に向けられている。刑事がヒーローになるのは一瞬。地味な仕事の方が断然多い。張り込み、聞き込み、裏付け捜査。犯人と格闘することなんて滅多にない。

地味に待ち続けること三時間。助手席でだらしなく寝ているようだった南元が口を開いた。

「ザキ、右」

南元の視線の先に目をやれば、チンピラ風の男が二人、連れだって歩いてくる。

「来ましたね。間違いない」

オレンジの外灯に照らされた人相は、目に焼き付けた容疑者の似顔絵と酷似していた。隣にいるのも事件当時一緒にいた男のようだ。

「通り過ぎて、あそこの駐禁《ちゅうきん》の標識のところで出る。店の前で押さえるぞ。おまえ、赤毛の方な」

「はい」

伊崎はドアノブに手をかけ、二人に直接視線は向けず、視界の隅にその姿を捉える。焦点を絞らずに対象全体を見る、剣道でいう遠山の目付の応用。

三、二、一……心の中でカウントを打って、ドアを開けたのは二人同時だった。背後から気配を消して近づき、店の前で呼び止める。
「すみませーん。ちょっとお話を伺《うかが》いたいんですけど。三週間前に起こった殺人事件についてて」

南元が警察手帳を見せた途端、二人は逆方向へと走り出した。南元に指示されていた通り、伊崎は赤毛の男を追う。実行犯ではないが、その犯行を煽っていたとされる男。

追いつくのは苦もなかった。日頃から不摂生《ふせっせい》しているのだろう、すぐに息が切れて足がもつれた。薄いジャンパーの背を鷲摑《わしづか》みにすると、それでも逃げようと腕を振り回す。

思いっきり引き戻して路上に倒し、転がった男の腹を踏みつけた。

「ぐぅ……っ」

男の口から変な声が漏《も》れたが無視する。この男は罪のない青年が殴り殺されるのを笑いながら見て、煽っていたのだ。

襟首《えりくび》を摑んで無理矢理立たせる。

「お友達はどれくらい彼を殴っていた？　おまえはその時なにをしていた？」

「お、俺はなにもしてな……」

「ここで実況見分するか。おまえが殴り殺される青年の役で、俺がおまえと友達の二役をやってやる。ボコボコに殴って蹴《け》って、それを見ながら、もっとやれって笑ってたんだよな？

殺《や》っちまえ！　って言ってたんだっけ？」

伊崎は蔑《さげす》む目で男を見下ろし、冷ややかに笑ってみせる。

「手、手は出してない！」

「手を出してなくても、殺人を煽るのは立派に犯罪なんだよ」

「そんなことしてねえよ！」

「往生際《おうじょうぎわ》の悪い奴だな。目撃者はいっぱいいるんだよ！　みんな証言してくれるそうだ。おまえは友達を止めるべきだった」

悔しくてならない。この罪の意識の薄さはなんなのか。

「うるっせー、くそ、離せよ！」

じたばたと暴れる男の腹に拳を入れた。

「て、てめえは殴っていいのかよ！　訴えるぞ」

「いいぞ、訴えろ。でもな、逃げようとする悪い奴をおとなしくさせるのは、刑事の立派な仕事なんだよ。そもそもてめえみたいのが、法に守ってもらおうなんて考えてんじゃねえ！」

もうひとつ拳を入れれば、男は息を詰まらせた。腹を押さえてうずくまり、ゲホゲホと咳《せ》き込む。

「ザキ、そのへんにしとけー。もっと殴りたいならこっちな、実行犯」

南元が主犯の男を引きずるようにして連行してきた。

「殴りたいならって……生きてますか、それ？」

「生きてるさ。俺は闇雲《やみくも》に殴って死なせちまう馬鹿《ばか》と違って、殺さず痛めつける殴り方を心得ているからな」

南元はニヤッと笑う。引きずられている主犯の男は死んだように動かないが、目は動いているので生きているのは確かなようだ。

ぐったりした二人を車に積んで署に戻る。

「あーあ、弱すぎてつまんねえなあ……。おい、無抵抗の奴を殴って蹴って殺して、なにが楽しいんだ？」

南元はぼやき、二人に向かって問いかけた。しかし当然のように答えは返ってこない。二人は後部座席にふてくされたように座っているが、逃亡する気力もないようだ。もちろんもう逃げることはできない。

「あなたより強い人間なんて、日本にはなかなかいませんよ。犯人に強さを期待するより、国外で武者修行《むしゃしゅぎょう》とかしてきたらどうですか？」

南元は柔剣道はもちろんいろんな格闘技に手を出していて、どれも師範クラスの腕前らしい。始めたら突き詰めたくなる性分《しょうぶん》なのだと自分で言っていた。

「おまえ、最近やたらと俺を国外に出したがるよな。俺がいなくなったら日本の女が寂《さび》しがる。おまえだって寂しいだろ？」

「いえ、特には」

「冷てぇなあ、相棒」

南元に相棒と言われるたびドキッとする。単純に嬉しい気持ちと、そう呼ばれるに相応《ふさわ》しい人間ではないという疚《やま》しさにも似た思い。

もう少し経験を積んで自信がついてから一緒に仕事をしたかった。自分の心の中をきっちり隠し通せる自信がついてから隣に立ちたかった。

自分が隠しているものを知られたら、失ってしまうかもしれない。そんな思いが伊崎を臆《おく》病《びょう》にしていた。なんでも言えと言ってもらっても、絶対に言えないことがある。

国外にというのは冗談でも、どこかに異動になってくれないかとは半ば本気で願っている。自分が異動するのでもいい。

離れたら離れたで、寂しくなったり新しい相棒を羨《うらや》んだりするのだろうけど……。

署に戻り、二人を別々の部屋で取り調べる。男たちはぐだぐだと無駄に時間を費やしたが、すでに証拠は揃《そろ》っている。裏付けの調書を取るのはそれほど難しいことではなかった。

反省の色が見えないのは腹立たしいが、それはこれからの人生が否が応でも教えてくれることになるだろう。

書類を作成して仮眠を取り、朝になって傷害致死とその従犯で送検した。

やるべきことをすべて終わらせた時にはすでに昼過ぎで、今日はこれでお役御免《ごめん》となった。

「よーし、終わった終わったー！　待ってろよ、マイハニーズ！」

事件が解決するとホッと肩の荷が下りる。ぎゅうっと縮こまっていたものが一気に解放され、羽目《はめ》を外したくなる。

といっても普通はパチンコに行く程度のことなのだが、南元はいつも決まって女の元へと突進していく。

「ハニーズって……今はいったい何人いるんですか？」

「今は三人かな。ああ女の柔肌《やわはだ》は久しぶりー。じゃ、おまえもゆっくり休めよ」

浮かれた足取りで南元は出て行った。

決まって女の元へ行くといっても、その女は決まっていない。南元はだいたいにおいて付き合っている女性が複数いて、それを周囲にも、当の女性たちにも隠していない。

上司には「警察官たるもの市民の手本となるべきであり、そういう不誠実なふるまいは厳《げん》に慎《つつし》むべきである」と毎度説教されているが、「俺はみんなを誠実に愛してるんです。市民が俺を手本にすればいいんじゃないかなあ。楽しいですよ？」などと悪びれず言い返して怒《ど》鳴《な》られている。それでも南元が改める気配はなかった。

実際、トラブルもなく楽しくやっているらしい。でもそれはきっと南元だからできることで、一般市民が真似《まね》するのは無理だ。そもそももてる男でなければ、他にも女がいるけど、それでいいなら、なんてことを言ってOKしてもらえるわけがない。呆《あき》れられて罵《ののし》られておしまいだろう。

南元も自分の考えが異端であることは承知していて、そのうえで隠そうともしない。それが伊崎にはすごいことに思えた。

人に非難されたり幻滅されたりするが怖くないのだろうか。女性に対する考え方はちょっとどうかと思うが、その豪放磊落《ごうほうらいらく》さには羨望《せんぼう》の念を抱かずにいられなかった。

やっぱり憧れる。南元と付き合う女性の気持ちがなんとなくわかってしまう。

自分を女っぽいと思ったことはないが、心の奥底に女性的なものがあるのは否定できない。今まで女性の裸にときめいたことは一度もない。どんなに扇情的《せんじょうてき》に誘われても、抱きたいなんて欲望は生まれなかった。

初めて欲情した時の愕然《がくぜん》とした思いを今でもはっきりと覚えている。

それは友情の抱擁《ほうよう》だったのに、ギュッと強く抱きしめられて、「ああ、これだ……」と思った。自分がずっと求めていたものがわかってしまった。

わかった瞬間に死にたくなった。最悪だ。自分が男に抱かれたい男だったなんて。

だから封印した。気づかなかったことにした。これは少しばかり熱い友情なのだと自分をごまかした。

それでもごまかしきれなくなって、高校を卒業する少し前に告白してしまった。幼馴染《おさななじ》みの親友に――。

それから二十五歳の現在まで恋はしていない。きっともう二度としないだろう。時々、愛のない男と身体だけの関係を結ぶ。市民の手本になんてなれるわけもない。南元を非難する権利などなく、隠している自分がひどく卑怯《ひきょう》で汚れた人間に思えて、自己嫌悪に陥る。

だから打ち込める仕事があるのはありがたかった。刑事は生涯をかけるに相応しい仕事だ。世の中のために滅私奉公《めっしほうこう》すれば、自分にも生きる価値があるのだと思える。

優秀な刑事である南元と組めている幸運から逃げてはいけない。たくさんのことを吸収しなくてはならない。

幸か不幸か南元は、「男が恋をするのは女」と、このことに関してはものすごく常識的な考えを持っている。言わなければきっと気づかない。

南元が女性の柔肌に埋もれている間に、自分は平常心を磨《みが》くのだ。ついでに体力も腕も磨ける。ありがたいことに警察署にはだいたい道場があって、いつでも使うことができる。

三ヶ森署は最近建て替えられたばかりの五階建てで、三階部分に道場があって、普段はその半分に畳《たたみ》が敷かれて、板張りの半分を剣道場として使用している。二階の刑事課から階段を上がり、更衣室のロッカーに常備している剣道着に着替えた。

袴《はかま》の腰紐《こしひも》をぎゅっと結めば背筋がピンと伸びる。それだけで自分の中の汚れたものが少し浄化される気がして、この瞬間が好きだ。

防具をつけて面を持ち道場に向かえば、気合いの声と竹刀《しない》のはぜる音が聞こえてきた。昼過ぎという半端《はんぱ》な時間なのに誰かいるらしい。最悪素振《すぶ》りだけで終わりかと思っていたのでありがたい。

警察官は身体を鍛えるのも仕事のうち。犯人逮捕のためはもちろん、市民を護《まも》り、自分の身を護るためにも強くなくてはならない。内勤でも警察手帳を持つからには、いざという時のために備えておくべきだ。

そのための道場だが、まめに稽古《けいこ》する者はあまり多くなかった。忙しくて時間がないというのも確かにその通りで、結局は根っからの剣道好き、柔道好きがスカッとしにやってくる。心身を鍛え上げる云々《うんぬん》というより、ただのストレス発散だ。

思いっきり面を打ち込める相手がいてくれるといいのだが、と伊崎は道場を覗き込んだ。目上の人だとちょっと気兼ねしてしまうし、巧い人なら打ち込まれるのは自分の方になる。できれば同等くらいの実力で、同等くらいの年齢で……などと考えながら、防具の垂れに書かれた名前に目をやって、思わずニヤッと笑ってしまう。

一番理想的な奴がいた。

柔道場の方は無人で、手前の剣道場で打ち合っているのが二人、見ているのが一人。すぐに休憩に入って、正座して面を取る。三人ともここでよく見る顔だった。

「伊崎くん、やっぱり来た」

そのうち一番大柄な男が笑みらしきものを浮かべて歩み寄ってくる。

「お疲れ。今日は休みなのか？　八坂《やさか》」

八坂は鑑識《かんしき》課員で伊崎とは警察学校の同期。歳も同じで教場も一緒、剣道の腕も同じくらいだった。気兼ねなく本気で打ち合える数少ない相手。

こちらがやりやすいと思うように、八坂も思っているのだろう。伊崎の顔を見ると嬉々《きき》として寄ってくる。

「うん。だから家でテレビ見てたんだけど、事件が解決したって聞いて、来てみた。伊崎くんはきっと来ると思って」

「読まれてたと思うとなんかむかつくけど、まあ相手がいた方がいいからな」

伊崎が笑うと、八坂も笑顔を見せた。

八坂の喋《しゃべ》りは木訥《ぼくとつ》として少し辿々《たどたど》しい。同期も呼び捨てにはせず、みんな「くん」付け。噂《うわさ》ではいいとこのお坊《ぼっ》ちゃんだという話だった。これで理系で内向的とくれば、いじめられたのではと心配になる。しかし八坂にはぶ厚い胸板と剣の腕があった。

身長は伊崎より数センチ高い程度だが、身体は一回り大きいのでは、というくらいゴツゴツとたくましかった。顔立ちも男らしいが、ワイルドというよりは田舎の番長ふうで垢抜《あかぬ》けない。

「事件解決おめでとう。伊崎くんが逮捕したんだって？」

「確かに従犯の男に手錠はかけたけど、そこに辿り着いたのは捜査関係者全員の力だ。俺がたすきを引き継いだ時に、たまたま目の前にゴールが現れただけで、手柄だっていうならおまえの手柄でもあるよ、鑑識さん」

「伊崎くんは偉そうなのに謙虚《けんきょ》だよね」

嫌味なのか率直なのか。

「俺のどこが偉そうだって？　謙虚でもない、事実を言っただけだ」

「うん、でもなんか、すごいよね。伊崎くんはいつも格好いい」

「は？　なに言ってんだか。稽古するぞ」

手放しに褒《ほ》められると尻がむずむずする。人生で褒められたのは中学の剣道大会で優勝した時くらいで、高校からはあまり褒められるような生活をしてこなかった。怒鳴られたり非難されたりする方がまだ落ち着く。

「そういえばおまえ、五段受かったんだって？　その方がすごいだろ」

「伊崎くんだって昇段試験を受ければ受かるよ。興味ないんでしょ、段位とか」

「興味っていうか、あの空気が嫌いなんだよ。受けようって気になるだけで尊敬する。俺はあれ、無理」

段位は持っていた方が箔《はく》がつくし、上達はしたいけれど、審査されるのは嫌なのだ。でもそんなのはただのわがままだということもわかっている。

「僕に勝てば五段相当の実力ってことだよ」

「そういうことでもないと思うけどな。段位ってのは腕だけじゃないし。でも、手合わせは頼む」

「うん」

他の二人は打ち合っていたが、八坂は「待て」をする犬のように、伊崎の準備が整うのを正座してじっと待っていた。伊崎が立ち上がると八坂も立ち上がり、それを見て打ち合っていた二人は場所を空けてくれた。

礼をして場内に入る。蹲踞《そんきょ》して竹刀を合わせ、間合いを取って中段に構える。

体格差は気にならない。向き合った瞬間に感じる圧力は、体格とは比例しない。棒きれのような老人に凄《すさ》まじい威圧感を覚えることもある。

八坂は見かけ剛《ごう》の者だが、剣さばきは軽《かろ》やかだ。伊崎の方が押していくタイプで、ガンガン攻める。集中して、一瞬の隙を見つけて竹刀を振り下ろす。きれいに決まればストレスも吹っ飛ぶ。

最後に真剣勝負を一本して、胴《どう》を抜かれた。すごく悔しくて、泣きの一回を頼み、面を取り返した。

「ありがとうございました。最後のは効いたよ」

「おまえ、手ぇ抜いたわけじゃないよな？」

「え？　とんでもない。手を抜いたんじゃなくて、一瞬邪心《じゃしん》がよぎったっていうか……僕の未熟さだよ。ガツンとやられてありがたかった」

「まあそれならいいけど。おかげで俺もスカッとしたし。ありがとうございました」

これでスッキリ眠れそうだと道場を後にする。

シャワールームで汗を洗い流し、新しいシャツに袖《そで》を通してまたスーツを着る。すると急に眠気が押し寄せてきた。更衣室の椅子《いす》に腰を下ろした途端、力が抜けてしまう。

思った以上に疲れていたようだ。しばし休んで帰るかと壁に背を預けてぼんやりする。

「よう。やっぱりここにいたか、ザキ」

ノックもなくドアが開き、驚いて背筋が伸びた。顔を出したのは、少し前に柔肌を求めて去っていったはずの男。

「え？　なんで南元さん？　事件ですか⁉」

思いがけぬ人物の登場に、慌てて携帯電話を確認する。呼び出しに気づかぬほど惚《ほう》けていたのかと焦《あせ》ったのだが、さすがにそれはなかった。

「違う違う。まあ俺的には事件だけどな」

「なにがあったんですか？」

一応神妙な顔で問いかけたのだが、

「柔肌、捕獲ならず」

いかにも重大事のように言われて、気が抜けると同時に怒りが込み上げてきた。

「は？」

「だーかーらー、みんなにお断りされちゃったわけ。平日の昼間にやる気になってくれるエロい子がいなかったの。今の彼女たち、みんなわりと真面目なキャリアウーマンタイプでさ。仕事中だからって一蹴《いっしゅう》されちゃった。一応、人妻はお断りしてるし」

「はあ」

露骨《ろこつ》な軽蔑《けいべつ》の眼差《まなざ》しを向けたが、南元はまるっきり気にする様子もない。

「しょうがないから夜まで待つって言ったんだぜ？　でもみんな、今日は先約があるって。この一月くらい忙しくて会えなかったし、拗ねてんのかなあ」

羨ましいほどのプラス思考。

「ふられたんでしょ」

わかっているのだろうが、あえて突きつける。踏まれてもへこたれないなら、へこたれるまで踏みつけてみようか、そんな衝動。

「おーい、落ち込んでる先輩に追い討ちかけんなよ。泣くぞ？」

「どうぞ、ご自由に」

「わかった。じゃあ泣くからおまえ慰《なぐさ》めろ」

「は？　なに言ってるんですか」

「傷心の俺は今からやけ酒を飲む。付き合え、相棒」

横に座って肩を抱かれ、体温を感じた瞬間にゾワッとなにかが背筋を駆け上がった。

「あ、相棒は仕事中だけです。プライベートまで付き合う義理はありません」

もぞもぞと身体を動かして逃げを打てば、首を絞《し》めるように太い腕を巻き付けられた。

「冷てえなあ。どうせ今から飯食うんだろ？　ちょっとくらい付き合えよ」

顔がグイッと近づいてきて、その瞬間に昔のことがフラッシュバックした。

初めて、好きな男に抱きしめられた時のこと——。

途端に鼓動が走りはじめ、カーッと身体が熱くなる。

まずい。南元にとってはこの程度、誰にでもする日常的なスキンシップの範囲内だ。そんなことはわかっている。

だけど伊崎は今疲れていて、完全にオフモードで気が抜けている。久しぶりの男の体温や太い腕の感触に過剰反応する身体をうまくコントロールできない。

「ザキ？　顔が赤くないか？」

「今まで竹刀を振り回してたから……。暑いし疲れてるんです」

なんとか逃げ口上を探して、できるだけ迷惑そうな顔を作ってみた。南元の方から、じゃあいいと言って離れてくれることを期待して。

「またまたー、おまえがわりとタフだって知ってるぞ？　どうせ飯もひとりで食うんだろ。

そんで明日は休みだよな。俺と一緒。そんな都合のいい奴、他にいないし」

「つまり、暇そうで休みが合う人間なら誰でもいい、ってことですね」

南元に問いながら、自分に言い聞かせる。誰でもいいのだ、そこに特別な感情があるわけではない。当然だ。

「まあそう言ってしまえばそうなんだけど、俺だって人は選んでる」

ニッと笑われればドキッとして、より一層逃げたくなった。

「俺みたいな愛想《あいそ》なしの生意気な後輩と飯食って、なにが楽しいんですか」

本当にわからない。南元に対しては愛想がないばかりか、突っかかってばかりいるのだ。自分が先輩なら相当むかついている。

「ん？　愛想なんて別にいらねえし。おまえわりと面白いぞ？」

「は？　面白い？　……南元さんの感性っておかしいですよね」

「それはよく言われる」

「いい歳なんだから酒くらいひとりで飲めるでしょう？」

「いい歳でも寂しいものは寂しいんだよ。いいだろ？　奢《おご》ってやるからさー」

いい歳をしたおじさんに甘えた調子でお願いされ、まったく可愛くないのに、少し嬉しいと思っている自分がいる。これ以上関わらない方がいいとわかっていても、南元に食い下がられると断り切れない。

「それなら、まあ、後輩ですし……」

不本意だという顔をして承諾する。

「よし。じゃあ行こうぜー」

笑顔の南元に抱き込まれた肩をパンパンと叩かれ、一緒に立ち上がったところで、ノックの音がしてドアが開いた。

「伊崎くん……」

入ってきた八坂は南元がいることに驚いたようだった。じっとその目が伊崎の肩に回された手に注がれる。男二人でなにやってんだ、と訝《いぶか》しまれているように感じて、南元の腕からするっと逃れた。八坂も南元が触り魔だということくらい知っているはずなのだが。

八坂は南元に軽く頭を下げると、伊崎に向かって言った。

「あの、今から食事に行くなら、一緒にどうかなと思って」

これには伊崎が驚いた。八坂から誘ってくるのはかなり珍しい。同期会などで一緒に飲んだことはあるが、プライベートで誘われたことは一度もないし、人を誘っているところも見たことがない。そういうのは苦手だと言っていたのを聞いた気もする。

八坂としては頑張ってみたのではないだろうか。誰彼となく誘える南元とはまるで正反対。重さが違う。伊崎は返事に迷ったが、南元が口を開く前に返事をしなくてはならなかった。

「悪いな、八坂。今日は先約があるんだ。また今度」

伊崎が迷ったのは、どう断るかということであって、受けるか断るかということではなかった。だから南元よりも先に返事する必要があったのだ。南元がどう言うかなんて聞かなくてもわかる。

「あ、ああ、そうなんだ。じゃあ……今度」

「うん、ごめんな。今度俺から誘うから」

落ち込んでいるふうなのが申し訳ない。食事に一緒に行くくらいは別にかまわないのだが、それは南元と一緒の時でない方がいい。

南元と一緒の時の自分を人に見られたくなかった。仕事中は気を張っているからいいが、プライベートで、しかも酒など入っては、さっきみたいなおかしな反応をしてしまいかねない。変に誤解されたくなかった。

八坂はぼんやりしているようでいて、一瞬の隙を逃さない眼を持っている。侮《あなど》れない。

八坂が出て行って、南元が口を開いた。

「いいのか？　俺は別に一緒でもいいぞ？」

南元がそう言うことはわかっていた。

「気のいい同期をあなたのつまらない愚痴《ぐち》に付き合わせるのは忍びないので」

もっともらしいようでそうでもない理由を口にする。

「ひでえ。そんなにくだを巻く気はないぞ」

「今はその気がなくても、酔ったら質が悪いんですよ。いつもみんなに言われてるでしょ？　犠牲者《ぎせいしゃ》は俺ひとりで充分」

自分だけでいい。いや、自分だけがいい、なんて……そんなことを考えるのはやっぱりおかしい。疲れているのだ。

「てことは、ザキは聞いてくれるんだ？　なんだかんだで優しいよなあ」

「優しさじゃなくて、義務感です」

どうせ聞かされるのは、女が捕まらなかった、柔肌が恋しい、なんていう愚痴だ。そんなの聞いてもなにも楽しくない。

それでも聞こうと思うのは、優しさなんていう褒められた感情ではなく、義務感なんていう真っ当な理由でもなく、もっと利己的な感情によるもの。断って帰った方がいいという声も自分の中から聞こえるのだが、南元が自分を選んでくれたと思うと嬉しくて断れない。

南元が自分を選んだのは、勤務シフトが一緒で、気を遣う必要のない手近な相手だから。なんといっても南元は、女性なら「他に付き合ってる人がいてもいいの」と言えばかなり高確率で付き合ってもらえる、それくらい選ばない人なのだ。

よく言えば博愛主義、悪く言えば恋多き男。いや、女たらし。ハーレム男。

「ま、付き合ってくれるんなら理由はなんでもいいや。食って飲んで、騒いで寝ようぜ」

「俺は騒がないし、寝るのはひとりで寝ます」

なんだか無性にむかついていてきて、先に立って歩き出す。ドアを開けようとしたら、南元が後ろから手を伸ばしてきて、ドアを開け、エスコートされる。

「俺は女じゃありません」

ムッと睨めば、ニッと見下ろされた。

「知ってる知ってる。細いけど意外にがっちりしてんだよなあ、ザキは。今流行の細マッチョってやつ？」

そんなことを言って伊崎の両肩を摑んで揉《も》む。

「今流行って、いつの時代の人間ですか」

その手を払いのければ、横に並んで肩を抱いてきた。

「え、もう去ったのか？　でも細マッチョって表現はまだ生きてんだろ？　もう死語？」

「死語っていうのも久しぶりに聞いた気がします」

このスキンシップオヤジめ、ベタベタベタベタ触ってんじゃねえよ、と心の中では文句を言いながら、おとなしく肩を抱かれて歩く。

どれくらいの接触なら普通なのか、伊崎にはもうよくわからなくなっていた。

たぶんゲイであることを意識しすぎているのだ。

南元に抱いている感情は邪《よこしま》なものではない。尊敬する先輩。気安い同僚。触られることを変に意識するからぎこちなくなる。友達だと思えばいい。と、割り切ろうとしたのに、好きだった親友の顔が浮かんでしまってややこしくなる。同性が恋愛対象というのは本当に面倒くさい。

ああ、女性だと思えばいいのか……と思ったのだが、南元を見てそれは無理だと諦める。これくらいごつい女だったらいっそ恋愛対象になるかもしれない。

「三十になると、追いかけないと置いていかれるようになるらしいぞ、時代に。犯人追いかけてたら、時代を追っかけてる暇なんかねえよなあ」

階段に来ると肩から手が離れて、伊崎は密かにホッと息をついた。

「南元さんって三十になったばっかりですよね？」

「お、よく知ってんな」

「こないだ無理矢理祝わされましたから」

「そうだっけ？　ああ、あんぱんにろうそく三つ立ててくれたっけ。嬉しかったなあ」

少しも嬉しそうには聞こえない口調で南元は言った。

あの日は女性たちから、祝ってやる、という旨《むね》のメールが南元の携帯に頻繁《ひんぱん》に入ってきていたが、ずっと車中で張り込みだったのだ。あの時に南元を見限った女性は多かったかもしれない。仕事なんて言い訳で、特別な女と一緒にいるにちがいない、と自分なら思うだろう。

実際には、伊崎の隣でずーっと愚痴っていた。あんまりうるさいから、あんパンにろうそくを三本挿《さ》してやったのだ。ハッピーバースデーを歌えと言われたが、それは拒否した。

「さて、どこ行く？　ていうか、この時間じゃ……三森屋《みもりや》か」

「ですね」

居酒屋が開くには早すぎる午後四時。やけ酒ができる店なんて、署の近くにある馴染みの居酒屋しかない。

まだ高い日差しを浴びながら、正門を出て道路を渡り、三十メートルほど歩いて辿り着く。のれんはまだ出ていなかったが、南元は躊躇《ちゅうちょ》なく格子戸《こうしど》をガラガラと開けた。厨房《ちゅうぼう》の中にいた大将は、二人を見るとニヤッと笑った。

「いいですか？」

「おう。犯人を捕まえた奴には優しいぞ、俺は」

魚の仕込みをしていた柳刃包丁《やなぎばぼうちょう》で、入ってこいと招かれる。

「いつも優しくしてくださいよ」

南元が敬語なのは大将が警察ＯＢだからだ。警察学校で教官をしていて、南元は最後の生徒だったらしい。退職後にこの店を開き、今では警察関係者の憩《いこ》いの場となっている。

カウンター席と小上がりの座敷に座卓が四つ。奥に襖《ふすま》で仕切られた個室がひとつ。大将は本格的な修業はしていないらしいが料理は美味《おい》しく、それなりに繁盛《はんじょう》していた。

「おまえに優しくしたらつけ上がるだけじゃねえか。厳しくしてもちーっとも効かねえし。警察官には向かねえけど、刑事には向いてると思ったんだよな……」

大将は警察ＯＢというよりヤクザ上がりのような顔で笑う。手にしている包丁が一瞬長ドスに見えた。顔や体型は迫力があるが、実際は正義感の強い優しい男だ。

カウンターの一番奥まった席に並んで座ると、その前に一升瓶《いっしょうびん》がドンと置かれた。

「祝杯用に俺のまかない焼酎《しょうちゅう》を差し入れてやる。飲め」

「ありがとうございます。でも、祝杯というより、やけ酒なんですけどね……」

「ザキ、余計なこと言うな」

「ん？　なんのやけ酒だ？」

「ふられたらしいです」

南元を無視して大将にチクれば、大将は愉快《ゆかい》そうに笑った。

「そりゃいい。おまえはもっとじゃんじゃんふられろ。いい気味だ」

どうやら大将も南元の悪癖《あくへき》について知っているらしい。他にも若い従業員が二人いたが、忙しく手を動かしながら訳知り顔でうなずいている。この件について南元を擁護《ようご》する男はほとんどいないだろう。

「ふられてません。たまたまタイミングが合わなかっただけです」

むくれる南元なんて滅多に見られない。普段は相手が課長でも部長でも、なにを言われても平然と聞き流している。大将には気を許しているのだろう。

南元は大将にグラスを三つ要求した。焼酎を三つのグラスになみなみと注ぎ、伊崎にひとつ、自分にひとつ、その間にひとつ置いた。

「木村くんの分だ。二十歳になったばかりで、焼酎は飲んだことがあったのかね……。今日は一緒に飲もう」

南元はグラスをコツンと合わせ、伊崎もそれにならう。

「天国で美味《うま》い酒飲んでくれてるといいんですけどね」

「この安焼酎よりは確実に美味いだろうな」

そう言った南元を大将が睨んだ。しかしなにも言わず、調理に戻る。

「じゃあお疲れ」

今度は伊崎とグラスを合わせる。

「お疲れさまです。やけ酒はほどほどに」

余計な一言を付け加えれば、南元は伊崎を睨みつつ、焼酎をまるで水のようにあおった。やけ酒と呼ぶに相応しい飲みっぷりだ。そして手酌《てじゃく》で注ぎ足す。

伊崎は一口だけ飲んでグラスを置いた。空《す》きっ腹《ぱら》に焼酎は効く。なにか腹に入れたいところだが、仕込みに忙しそうな大将に、早くつまみをと要求できるはずもない。

たった一口で全身が熱くなった。アルコールに弱いわけではないのだが、今日はやはり疲れているのだろう。回りが早い。

少しずつ出てくるあてに合わせてちびちびと飲む。

木村の母親は犯人逮捕を喜んでくれた。これで息子の成仏《じょうぶつ》だけを安らかに祈れます、と。まだこれから裁判もあるし、母親の言葉はこちらを気遣ってのものだろうと思えたが、自分たちにできることはやり遂げた。してあげられることは、もうない。

「おい、おまえがふられたみたいな顔してるぞ。飲め飲め」

沈んだ気持ちを感じ取ったのか、南元が伊崎のグラスに焼酎を注《つ》ぎ足した。

「俺はやけになるようなこともないし。どうぞ俺のことは気にせず飲んでください」

南元は酒が入ろうと入るまいと、オンでもオフでもあまり言動に変わりはない。絡むのが少しばかりしつこくなる程度。いつも酔っているような調子ともいえるが、酒には強いようだった。

変わるのは、視線の先だ。仕事中には同じ方向を向いている視線が、オフになるとこちらを向く。

見られるのは好きじゃない。でも、見るのは好きだ。南元の男らしい顔は観賞の価値がある。笑った顔は特にいい。携帯電話に笑顔の写真をたくさん残していた木村の気持ちがよくわかる。

天国からなら見られることなく見放題なのだろうか。だったら死ぬのも悪くない……なんてことを思って、木村に申し訳ない気持ちになった。

彼は生きていれば彼女と付き合えた。見ているだけではなく一緒に歩いていけた。いずれ告白すれば……。

そんなことをぼんやり考えていると、南元と目が合った。いつの間にかじっと見つめていたらしい。

「ザキ、おまえさ……」

目を泳がせる伊崎に、南元が珍しく真面目っぽい顔で声を掛ける。

伊崎はなんとなく身構えた。鋭い南元に、ゲイなのかと訊かれても、しらばっくれる準備はできている。生きていても自分は告白なんてしない。もう、二度と。

「白バイに戻りたいとか思ってない？」

思いがけぬことを問われて驚いた。

「え？　あ、俺の経歴、知ってました？」

最初に課長が紹介してくれた時は名前だけだったが、その前に経歴を聞いていたとしても不思議はない。

「なに言ってんの。会っただろう、二条駅《にじょうえき》前の通《とお》り魔《ま》事件の時。あれが俺だって、気づいてなかったのか？」

「あ、いや、俺は覚えてたけど、南元さんは忘れてるっていうか、気づいてないのかと思ってました。なんで今までなにも言わなかったんですか？」

南元があの時の件に触れたことは今まで一度もなかったので、あの白バイ隊員が自分だとは気づいていないのだろうと思っていた。

「特に言うこともなかったしな」

「はあ。なんだ、気づいてたんだ……」

自分にとっては運命の出会いだったが、南元にとっては記憶に残るほどのことでもなかったのだろうと思っていた。覚えてくれていたのは単純に嬉しい。でも、二年前にほんの少し見ただけの白バイ隊員の顔を覚えていた、その観察眼と記憶力に感心する。

「俺だってあれもこれも覚えてるわけじゃない。なんか印象的だったんだよ。白バイの制服がよく似合ってたし。だから、刑事になったのかってちょっと残念な気もした」

「それ、戻れって言ってます？」

「言ってねえよ。おまえが疲れた顔してるから、戻りたいんじゃないのかって……。なんか溜め込んでるだろ？」

やっぱり鋭い。でも見当違いだ。溜め込んでいるのは仕事に関することではない。

「俺は刑事を一生の仕事としてやっていきたいと思ってます。だから南元さんにはいろいろ教えてもらいたいです。よろしくお願いします」

決意のほどを伝える。たまにはきちんと頭を下げてみる。

「うわ、なんだ、気持ち悪いな」

「あぁ!?　気持ち悪い？」

「素直で殊勝《しゅしょう》な後輩みたいなのはなんか気持ち悪い」

「二度も言いますか」

「素直じゃないとか生意気とか嫌味だとか、そういうのは一向にかまわないんだ。でもおまえ、なんかいつもピリピリしてるよな？　バリア張ってるっていうか。なあ、なにを警戒してる？」

南元は外側の手でカウンターに頬杖《ほおづえ》をつき、伊崎に顔を向けて問いかけた。

「俺は素直じゃなくて生意気で嫌味な後輩ですから、警戒してるんじゃなくて、敬遠してるんです」

「どうしても言いたくないってんなら無理には聞かないが……暴きたくなるんだよなあ、なんか」

冗談で逃げようとしたのに、逃がしてくれない。いつもの南元なら冗談を無視したりはしない。暴きたい、なんて……もしかしたら南元も酔っているのだろうか。

横から刺すような視線を感じるので、とりあえず目を向けてみたけれど、南元の心の奥まで見透かすような目に、思わずまた逸《そ》らした。

「言いたくないから聞かないでください」

言わないと決めたのだ。世の中には知らない方がいいこと、というのが確実にある。言わなければよかった、という後悔は取り返しがつかない。

なんでも話せる親友なんて言葉に踊らされて、切れない絆があると信じて、生涯の友を失った。そんなふうに南元を失いたくはないから、言わない。

「俺って信じられてない?」

「信じてないとかそういうことじゃなくて……言いたくないだけです。自分の弱みとか未熟さとか、南元さんだって見せたくないでしょう?」

「まあな。でも見たい」

「ウザ……」

「ひでえ。一言……てか、二文字であしらうか。……俺はな、あんまりこういうお節介っぽいことは言わないんだぞ?　特に男には。でもなんか言いたくなるんだよなあ、おまえ」

南元はどうやらやっぱり絶対酔っている。そうでなければ生意気な後輩の、しかも男に向かって、こんな包み込むような甘い笑みを浮かべるわけがない。

うっかり心を持っていかれそうになって焦った。自分が女ならイチコロだった。南元がもてる理由を見た気がする。

「それは南元さんが俺を未熟だと思ってるからでしょう。すみませんね、不安にさせて」

グラスに半分以上入っていた焼酎を一気にあおれば、胃が抗議するようにカーッと熱くなった。

「未熟なのはいいさ。本人に自覚があれば不安材料にはならない。見てるのは面白いし」

なかなかひどいことをさらっと言われる。

「でもおまえが抱え込んでるのはなんか、面白くなさそうなんだよ。だから吐けって言いたくなる」

「俺は犯人ですか」

ぼやくように言い返せば、

「吐けば楽になるぞ」

耳元に低い声で囁《ささや》かれ、ゾクッと背筋に寒気が走った。

「ふ、ざっけんなっ」

真っ赤になった耳を押さえ、焦って怒鳴りつける。大将と従業員はチラッとこっちを見たが特に気にする様子もなく、南元はニヤッと楽しげに笑った。

「そうやって脳から直《ちょく》で口に出せばいいんだよ。そういう雑な方が本来のおまえなんだろ。ぐちゃぐちゃ考えすぎんな」

「は？　本来が雑ってなんですか。違います。本来の俺は……先輩に気を遣って言葉を選ぶ繊細《せんさい》な男です」

「えーそれはねえな。だっておまえ、ムッとして睨みつけるとか、カッとしてぶん殴るとか、そういう時の方が生き生きしてるぞ。そもそも白バイで犯人に突っ込もうとするとか、無茶苦茶だろう」

「そ、それは……」

「俺はそういう方が好きだけどな」

ニッと笑顔ひとつで伊崎の焦りや反論を包み込んでしまう。それがまたむかつくのだ。南元は誰にでも簡単に好き好きと言う。言葉は軽いのに、言われると心が温かくなる。自分にはなかなか言えない重い言葉だが、意を決してそれを口にしたところで、相手を気持ちよくさせることなどできないだろう。だから、むかつくのはただの僻《ひが》みだ。

「その方が面白いから、ですか」

「そ。面白いことはすべからく好きだ。苦しいことや辛《つら》いことなんてのは勝手にやってくるけど、面白いことや楽しいことってのは自分の心で見つけて捕まえなきゃ駄目なんだ。埋もれてるなら発掘する」

「俺の中にはなにも面白いものなんて埋まってませんよ」

発掘して困るのは南元だ。それすらも面白がりそうな気がしないでもないのだが。

「そうかー？　抑え込んでるもん吐き出したら、おまえはめっちゃ面白い奴になると思うんだ。俺の目に狂《くる》いはない、はずなんだけどなあ」

「俺に関することは外れてばっかりです」

「そう？　そうかなあ……」

なぜか今日は南元がなかなか引き下がろうとしない。酔っているせいなのだろうか。ニヤニヤ緩んだ感じで笑いながら、瞳《ひとみ》をじっと見つめてくる。その目だけが妙に鋭い。心の奥の奥まで、見透かそうとする瞳。すべてを受けとめてくれそうな器の大きさを感じる。

南元にだったら話してもいいんじゃないか……そんな気分になる。本当に、吐けば楽になる、ような気がしてくる。

世間話からいつの間にか容疑者を自供《じきょう》させる、南元マジックと呼ばれる取り調べを思い出した。容疑者はこういう気持ちなのだろうか。

でも——。ブレーキがかかるのは過去の傷が疼《うず》くから。このままの関係を続けたいなら、自供してはいけない。

「柔肌はもういいんですか？　今からだったら、気が変わって付き合ってくれる女性もいるかもしれませんよ？」

南元の意識を自分から逸らしたくて言ってみる。

「柔肌なあ……。でももういいや。今夜はザキと飲み明かす！」

「は？　俺はそんな遅くまで付き合いませんよ」

「冷てえな。さっきは殊勝なこと言ってたじゃねえか。これからもよろしくお願いされてやるから、付き合え」

「気持ち悪いって言ったくせに」

なんだかんだ悪態をついても、きっと南元の気が済むまで付き合ってしまう。世話になっている先輩だからと自分に言い訳して、一緒にいられるこの時間を手放さない。全然気が抜けなくて、さっさと帰って寝た方がいいと思うのに、腰は上がらない。

「ちょっとふくよかな女性が好きなんでしたっけ？」

南元の好みは、気持ちいいくらい自分とは正反対のところにある。その確認。

「うおお、思い出させせんなよ。ふくよかもいいけど、細いのも嫌いじゃない。女はみんな柔らかいだろ？　腰の辺りにちょっと余った肉とか、二の腕とか……」

白木のカウンターの上に、南元が濡れた指で緩やかなS字カーブを描く。女の腰を撫《な》でるような艶《なま》めかしい指の動きに、腰がゾクッとした。

そんな自分に焦って、伊崎は焼酎をあおる。

「お、いいねえ。女体《にょたい》を思い出すと酒が進むか？」

異性を思い出して興奮したのだと、疑ってもいない様子の南元に笑いが込み上げてくる。

女を受け入れる間口は広すぎるほど広いのに、男に対しては間口を作る気もない。自分の趣味嗜好《しこう》に反する常識は平気で破るが、それ以外の常識は素直に受け入れて疑うこともない。

「南元さんって……ひとりの女性と真面目に付き合ったことってあるんですか？」

知ってもしょうがないことを訊いてみる。

「おいおい、俺はいつでも真面目に付き合ってるぞ。なんで相手がひとりじゃないといけないのかが俺には理解不能だ。みんなそれぞれに可愛いところがあるし。みんな違ってみんないいっていうだろ？」

「それは二股《ふたまた》三股の言い訳に使う言葉じゃありません」

「言い訳じゃねえよ。一夫多妻が認められてる国ではちゃんと成立してるんだ。俺はみんな好きだし、女たちもけっこう楽しそうにしてる。みんなで楽しくやっていけるならそれに越したことはない、と俺は思う」

それは女が本気じゃないか、我慢してるか、どっちかだと思うのだが、南元はそれでもいいのだろう。楽しければそれで。立派にロクデナシだとは思うのだが、言うこととやることが一貫していると、それでいいような気がしてくるから不思議だ。

「別に非難する気はないです。南元さんにはきっと現代日本が合ってないんですよ。中東の方にでも行ったら……」

「また俺を日本から追い出そうとするか」

横から腕が巻き付いてきて、首を引き寄せられた。頬に南元のたくましい胸板。アルコールのせいでいつもより体温が高くて、さらに頬がカッと熱くなる。慌ててその胸板を押し戻した。

「日本では一対一が基本だから、いつか痴情のもつれで刺されるんじゃないかって心配してやってるんですよ。刑事として」

「そんなヘマはしない、と言いたいところだが、何事にも不測の事態ってのは起こりうるからな……。俺はみんなで楽しい方がいいと思うんだけどなあ」

「じゃあ大家族でも作ったらどうですか。恋人を増やすんじゃなくて」

「そういう手もあるか。でもガキはなあ……。ザキはどうなんだ？　おまえから女の話とか全然聞かないんだけど、恋人はいるのか？」

急に水を向けられて眉根《まゆね》を寄せる。自分のことはできれば話したくない。南元のように周囲が認めてくれない意見を堂々と主張することなんてできない。

「いませんよ」

「ひとりも？」

「普通はひとりでしょう。いませんけど」

「なんでだ？　おまえももてるだろ？　俺ほどじゃないにしても」

「なんの自慢ですか。俺はもてません」

「嘘《うそ》だな。俺、合コンに行くと伊崎さんは一緒じゃないんですかってよく訊かれるぞ」

「合コンまで行ってるんですか？　元気ですね」

もてるかもてないかといえば、もてる方なのかもしれない。が、興味がないというのは伝わるものなのか、遠巻きにちやほやされることはあっても、真面目にお付き合いをと言ってくる子は少なかった。

「人数合わせに呼ばれるんだよ。喋るのも賑やかなのも好きだから行くけど。今度はおまえに回してやる。彼女作れよ」

「いいです。そういうの面倒くさいんで」

「枯《か》れすぎだろ。おまえはいったいなんにだったら熱くなるんだ？　俺は基本、俺に興味ない奴には興味ないんだけど、おまえは無性に気になる。ていうか心配だ。なんかいろいろ溜め込んでる感じが。吐けー、吐き出せー」

そんなことを言いながら、ふざけて伊崎の首を絞め、身体をグラグラと揺さぶる。

「なにも溜め込んでません。俺はこれが普通なんです！」

手首を摑んで突っ返せば、南元は不満そうに口を尖《とが》らせた。完全に酔っ払いだ。

「刑事なんてのはなあ、ただでさえストレスが溜まる仕事なんだよ。自制しすぎは身体によくないぞ。酒の上でのことは全部忘れてやるから、言いたいこと言って、やりたいことやって、もっと発散しろ」

南元は肩を抱き、いやに神妙な声で言う。

確かにストレスは感じる。心身共に疲れている。南元は一ヶ月も女を抱いていないとぼやいていたが、伊崎はその八倍ほどの期間、男に抱かれていない。

力を抜いて身を預けてしまいたい……という欲求が込み上げてくるが、南元にそれをするわけにはいかない。

どうしようもなくてうつむいていると、南元が顔を覗き込んできた。おっさんのくせにきれいな澄《す》んだ目をしている。引き込まれそうになって目を逸らせば、こっちを見ろとばかりに頬に手をかけられた。

「な、なに――」

「お、意外にほっぺた柔らけーな」

南元は伊崎の頬を指でぐりぐり捏《こ》ねる。

「やめ……やめろって！」

大きな声を出して手をはねつければ、店の人たちが驚いたようにこっちを見た。伊崎は慌てて、すみません……と頭を下げる。大将は「南元の相手は大変だな」と笑った。

南元は怒った様子もなく、ニヤニヤと明らかに面白がっている顔で「その調子その調子」なんてことを言う。頬から指は離したが、肩に回された腕はそのままだ。

そのたくましい腕に身を預けてしまいたくなる衝動と伊崎は戦っていた。

この人なら、もしかしたら受け止めてくれるかもしれない。さらりと「へえ、そう」と言ってくれそうな気がする。

「俺は……」

頭がガンガンする。こめかみで脈が取れそうな感じ。

言うな言うなと心臓が言っている。言わない方がいいのはもちろんわかっている。でも、南元がしつこいから……。不快な思いをしても、困っても、それは南元の自業自得《じごうじとく》だ。

「女には興味がないんです」

小さな、本当に小さな声で呟いた。

「ん？」

聞こえなかったのか、意味がわからなかったのか、南元は耳を近づけてくる。

自分の中から、もうやめておけ、という声が聞こえた。だけど目の前に南元の顔があって、それはキスを奪うことさえできそうな距離で、もう言葉を呑《の》み込むことができなかった。

「俺は男がいいんです。寝てくれる女がいないなら、俺と寝てみますか？」

周囲には聞こえないけれど南元にははっきり聞こえるだろう声で言った。無駄な攻撃までしかけてしまう。

「寝る？　おまえと？」

「男とやったことないでしょう？　試しにやってみたら案外いけるかもしれませんよ？」

もう破れかぶれだ。これだけ言えば、余計なお節介は焼いてこなくなるだろう。嫌われても気持ち悪がられても、それで仕事に支障をきたすような人ではない。酒の上でのことは忘れるという約束は守ってくれるはずだ。

そこは信じたい。

あわよくば、という気持ちもどこかにあった。すべてを疲れと酔いのせいにして、一夜限りの過《あやま》ちを犯したい——なんて。自分で思うよりずっと飢《う》えていたらしい。欲望が理性を食ってしまった。自制心には自信があったのに、崩壊はあっけない。

『好きだって伝えればよかった……』

不意に女性の声がよみがえる。

伊崎はずっと伝えたことを後悔してきた。でも、伝えなければ今も苦しいままだっただろう。どっちみち後悔はするのだ。もうどうとでもなれ。

「なーるほど、おまえそっちだったのか」

南元は軽い調子で言って、伊崎の顔をじっと見た。いつもの口調に内心ホッとしたのだが、肩にあった手が離れていって、怖くなった。

やっぱり無理だったのか。今までの気安い感じは永遠に失われてしまうのか……。

南元ならさらっと流してくれる気がしたのだが、同性愛に嫌悪感を覚えるのは本能的なものだ。それはきっと自分がゲイであるのと同じくらい、どうしようもないことなのだ。

女なら誰でもいいような節操なしでも、ゲイに寛容かどうかは別問題。女にだらしないのは許されても、男が男を好きになるのはどんなに一途《いちず》でも許さないのが世間というもの。それくらい二十五年も生きていればわかる。

沈黙は一瞬だったのかもしれない。でも伊崎には耐えられないほど重くて長い沈黙だった。

「冗談です。あんまりベタベタ触るから、からかってみたんです。忘れてください」

そんな言葉で逃げる。南元を困らせたいわけではない。嫌われるのは耐えられない。

しかし南元は聞いているのかいないのか、まったく表情を変えなかった。冗談だと言われてホッとした様子も、からかうなと怒る様子もない。ただじっと顔を見つめてくるので、伊崎はひとり視線をきょろきょろと泳がせる。

「うん、いけるかもな」

「は？」

なにを言われたのかわからず眉根を寄せる。頬に手が伸びてきて、思わず避けた。

「触らせろ」

「だからそういうのをやめろって言って……」

手はそのまま伸びて強引に首を摑まれた。その人差し指がスーッとうなじを撫でて、ゾクッと反応した伊崎を見て、南元はニヤッと笑う。

「な、なに……」

焦って南元の指を摑めば、太い指が指に絡みついてきて、思わず虫を払いのけるようにその手を払った。

「楽しい方法があったじゃん。ストレス発散にもなるし、熱くならざるを得ない。素っ裸《すっぱだか》にさせるには一番効果的。なんで思いつかなかったかなー？　って、男だからか」

「なに、言ってるんですか……」

上機嫌な南元を見て、伊崎は一気に逃げ腰になった。さっきまで嫌われるのが怖かったのに、今度は近づきすぎるのが怖い。南元に抱かれたりなんかしたら、自分を根こそぎ持っていかれてしまいそうな気がする。まだ嫌われる方がマシかもしれない。

「俺が熱くしてやるよ」

改めて肩を組まれ、耳元にそう囁かれて真っ赤になった。逃げようとしても太い腕はビクともしない。

「なんですか、その自信。男としたこと、あるんですか？」

「ねえよ。男に告られたことは何度かあるが、まったく検討してみる気にもならなかった。でもおまえならいける気がする」

「気がするって……。柔肌柔肌って言ってたじゃないですか。俺は硬いですよ。どこもかしこも柔らかいところなんて少しもない」

「それはそれでいいんじゃねえの？　言ったろ、みんな違ってみんないいって」

南元という人間を見誤ってはいなかったが、ちょっと侮《あなど》っていたようだ。そんなに前向きになられると、自分で誘っておきながら辞退したくなる。

ほんのわずか期待はしても、叶うとは露程《つゆほど》も思っていなかったのだ。

「いや、でも、やっぱりこういうのは……ど、同僚だし」

やっと逃げ口上を思いついた。そうだ、職場内の不純同性交友はよろしくない。

「なんかまずいか？」

「まずいでしょう」

まずくないはずはない。が、なにがまずいか具体的に思い浮かばない。

「ストレス発散できて、欲求不満も解消できる。おまえが溜め込んでるもんもすっきりするんじゃねえか？　頭も身体も空《から》っぽにしちまえよ」

南元にとってセックスなんてその程度のことなのだろう。伊崎にとってもセックス自体は大したことではない。相手が問題なのだ。

「もうちょっと……ちゃんと考えた方がよくないですか？」

「考えたってしょうがねえよ。こういうのはやってみないとわからないからな」

南元は考えなすぎると思うのだけど、伊崎も思考力が落ちていた。

確かにやってみないとわからない。こんなチャンスは二度とない。そんなことを思ったら、拒む気持ちは急速に薄れた。

触れる。抱き合える。見られるのだ、南元のその時の顔を――。

好奇心が疼いて、下半身も疼く。酔いのせいか疲れのせいか、欲望を止める自制心が働かない。受け入れてもらえるのに、なぜ逃げる必要がある？

「行こうぜ」

そう囁かれたら抵抗する気持ちは消えた。南元が大将に勘定《かんじょう》を頼む。

「なんだ、もう帰るのか？」

やっと開店時間になったところ。大将に差し入れてもらった焼酎はまだ残っている。

「こいつ、眠いみたいなんで」

南元は伊崎の肩をポンポンと叩いて大将にそう説明する。それでやたらと近づいてコソコソ喋っていたのもごまかせたのだろうか。たとえなにか様子が変だと思ったとしても、まさか南元が男と……とは思わないだろう。

南元の後について店を出る。思考は完全に停止し、奢ってもらった礼を言うことさえ忘れていた。

二

「男と……したことないんですよね？」

ホテルに行くぞ、と意気揚々《いきようよう》と歩いていく南元の背中を見て、少しばかり思考力が回復してきた。回復しない方がよかったのかもしれない。

夕暮れの道、目指すはネオン街。

「ないけど？」

南元はそれがどうしたという顔で振り返る。

「不安になったりとかしないんですか」

「不安？　なんの？」

「男はさすがに無理なんじゃ……とか、道を踏み外すことになるとか、巧くできないかも、とか……」

思いつくままに言ってみるが、言いながら愚問《ぐもん》のような気がしてくる。

「無理ならやめる。道は今さらどこの道だって話で、巧くできなきゃ手伝ってくれるだろ？

そんなところに俺のプライドはない」

「じゃあどこに……」

「いかに楽しく生きるか、だな」

「はあ」

やっぱり愚問だった。すらすらと答えられてしまう。

途中でやめられたら傷つくのだけど、南元ならいともあっさり「ごめん」と謝ってきそうだ。そう言われたらこっちも、じゃあしょうがないと諦めがつく気がする。道を踏み外すことを恐れるなら、複数の女性と付き合っているなんて堂々と公言するわけがない。

プライドはセックスの技巧などにはなく、楽しく生きることに。

ひたすら南元らしくて笑ってしまう。

きっと女性とする時も巧さをひけらかすようなことはなく、互いが楽しめるよう気を配るのだろう。我が道を行く男だが、傲慢《ごうまん》ではない。

「じゃあ俺が知ってるホテルにしましょう。男同士でもOKの」

少しばかり開き直って提案する。こうなってくると、相手に罪悪感がないのは正直ありがたい。

「ん？　NGのところなんてあるのか？　ラブホも客を選ぶのか⁉」

ストレートでなおかつ特殊プレイの嗜好がない男らしい意見だ。ホテルを選ぶ必要などこれまで感じたことがないのだろう。

「普通じゃないってことなんですよ」

「なるほどな。まあ、普通じゃないってのは面白いことも多いけど、面倒も多いよな。おまえはそれで嫌な思いをしてきたわけか」

「嫌な思いっていっても、親友をなくしたことくらいです」

するっと過去のトラウマが口をついて出た。

「ふーん。それで、俺をなくしたくないから頑なに隠してた？」

南元はニヤッと笑って、大きな手で伊崎の頭を鷲掴みにする。

「それは……そうです。けど、南元さんのことはそういう意味で好きなわけじゃありません。だから別に、しなくてもいいんです」

思考力が戻れば迷う。悩む。不安になる。本当にこれでいいのか。一歩進むごとに、やる気が後込《しりご》みし、逃げたい気持ちが膨《ふく》らんでいく。

伊崎は足を止めた。逃げるためではなく、目的のホテルに辿り着いてしまったから。

「ここか？　よし、入るぞ」

人の話をちゃんと聞いていたのか。南元はなんの躊躇もなく、まるで二軒目《にけんめ》の飲み屋に入るような足取りでラブホテルへと入っていく。

ここは所轄《しょかつ》の管轄外だが、署からそれほど遠くない。伊崎はたとえ遠くのホテルであっても、眼鏡とマスクで顔を隠し、ひとりで足早に入るようにしていた。まるで犯罪者のごとくだ。仕事帰りの格好で同僚と一緒に、なんて頭がおかしくなったとしか思えない。

逃げようか……と脳裏《のうり》をよぎった。しかしそれはあまりにも格好悪い。自然に歩みが遅くなる伊崎の元へ、南元が戻ってきて腕を引いた。

そんなことに、馬鹿みたいにときめいてしまう。掴まれた手の力が心強い。怖いけどワクワクして、恋人とおばけ屋敷に入る時の気分はこんな感じだろうかと思う。

「おまえガッチガチだな。大丈夫か？　まさかヴァージン……」

「違います！」

ふざけた問いにムッとして先に立って歩き出した。南元はクスクスと笑っている。緊張を解《ほぐ》してくれたのだろうか。さすがだてにプレイボーイではないということか。

部屋はブルー系で統一されていて清潔感があった。お先に、と断ってさっさとバスルームに逃げ込む。すでに一度シャワーは浴びているが、もう一度念入りに洗う。

「緊張、してきた……」

頭からシャワーを浴びながら、壁に手をついてうつむき、心臓に手を当てる。まるで本当にヴァージンのようだ。

落ち着けと深呼吸するがまったく身体の強張《こわば》りが取れない。二の腕に触れれば、鍛え上げた筋肉は張りがあって、柔肌とは言い難《がた》かった。

こんなんで、本当に……。不安が込み上げてきたところで、

「ザキー、洗ってやろうか？」

すぐ近くで声がした。たぶん扉《とびら》の向こうに立っている。

「け、けっこうです！」

素早くきっぱり断ったのだが、扉が開く。真っ白な湯気がスッと引いて南元が現れた。

「なんで入ってくるんですか⁉　しかもマッパで！」

南元は一糸まとわぬ真っ裸だった。いつ見ても惚《ほ》れ惚《ぼ》れする素晴らしき肉体。

「いつも見てんだろ？　俺の裸なんて。シャワーだって一緒に浴びてるじゃん」

「それは隣のシャワーブースで、でしょう？　裸を見慣れてるのだって、南元さんがこれ見よがしに全裸で歩き回るからで……」

「そういえばザキの下半身は見た覚えがないな」

当然だ。意識して隠していたのだから。

「あ、もしかして、俺で勃《た》ったこととかあった？」

「ありません！　恋愛対象にはならないって言ったでしょう」

「でも男がいいんだろ？　俺の身体は好みじゃねえの？」

「たくましすぎるんですよ。俺はもっと細身の方が好きです」

嘘で即答する。ものすごく好みです、なんて言えるはずがない。その身体で近づいてこな

いでほしい。

「んだよ。細マッチョがいいのか？　ナルシストかよ」

南元に上から下までジロジロと見られる。故意に隠している腰の辺りを特にじっと。

「俺は出ますから、どうぞ」

居たたまれなくなって、南元と入れ違いに出ようとした。しかしその腕をすかさず掴まれる。

「今から全部見るんだから隠すことねえだろ？　あ、もしかして恥ずかしがってる？　おまえなんか可愛いな」

からかわれているのだとわかっても、赤くならずにはいられなかった。

「南元さん、デリカシーがないって言われるでしょう⁉」

「言われるな。でも俺は正直なだけだ。ちゃーんとベッドで待ってろよ」

手を離されて逃げるようにバスルームを出た。身体を拭《ふ》いて腰にタオルを巻き、ベッドに座る。

おとなしく待っているのも恥《は》ずかしい。なんだかとにかくものすごく恥ずかしい。初めての時よりもずっと恥ずかしい気がする。初めての相手はバーで知り合った男だったから、素性がばれやしないか、ちゃんとやれるだろうか、と不安や心配ばかりで、恥ずかしいと思う余裕もなかった。

思えば、互いに普段の姿を知っている人間に抱かれるのは初めてなのだ。それも職場の先輩で、尊敬する憧れの人で、しかし付き合っているわけではなくて……。

やっぱりこんなのは駄目な気がする。

葛藤《かっとう》の末、畳《たた》んで置いていた衣類に手をかける。パンツに片足を突っ込んだ時、南元が出てきた。

「なにしてんの？」

「いや、やっぱりまずい気がして。俺、帰ります」

パンツに両足を突っ込み、膝《ひざ》まで上げたところで手を摑んで止められる。

「そんなことを言い出す気がしてた。でも、今さらそりゃねえだろ。逃げんなよ」

「逃げるわけじゃなくて、ちょっと冷静になったっていうか、酔いが醒《さ》めてきたっていうか。正常な判断だと思います」

「正常ねえ。我慢は身体によくねえんだぞ？」

「いや、俺は別に我慢とか――」

「違う。俺が、だ」

南元が、我慢？　それはつまり……。

膝を掬《すく》われて抱え上げられるという未知の体験に驚いて思考が停止する。すぐにベッドに下ろされてホッとしたが、起こそうとした身体を押さえつけるように覆《おお》い被さられて、間近に目が合った。

「ど、どんだけ欲求不満なんですか」

「まあ、それもないとは言わんが、今はおまえを抱きたい」

南元の鋭い眼差しなんて、犯人に向けられたものしか見たことがなかった。しかしそれとは温度が違う。熱のこもった瞳に射貫《いぬ》かれて、殺し文句で身体の自由を奪われた。

南元の顔がさらに近づいてきて、唇《くちびる》に唇が触れた瞬間、ピリッと電気が走った。

南元とキスをした——その事実に恐れをなして逃げようとした唇は、追ってきた唇に捕まり、さらに深く交わる。口を開かされ、唾液《だえき》が交わると既成事実ができあがった気分になった。なにもなかった、とはもう言えない。

「ザキ……」

伊崎は荒い息をつきながら、放心状態で南元の濡れた唇を見つめる。

「俺は犯罪でない限り、自分の心の求めには応じるようにしている。俺はこのままおまえを抱きたい。が、おまえがどうしても嫌だと言うのならやめる。強姦《ごうかん》は犯罪だからな」

そんなことを言われて今さら逃げられるわけがない。逃げてもしょうがない。未遂《みすい》とはもう言えないのだから。

抱きたいなんてストレートに言われたのは、たぶん生まれて初めてだ。しかもその相手が南元だなんて奇跡だ。南元がこんな気まぐれを起こすことは、きっと二度とないだろう。

伊崎も自分の心の求めに応じてみることにした。身体の力を抜いてベッドの上に身を横たえ、南元を見上げる。

「合意だから暴行罪は成立しません。ただ……した後も変わらないって誓ってください」

「それは誓えねえな」

南元は即答して顔を寄せてきた。

抱きたいのならここは嘘でも「誓う」と言うところではないのか。

困惑する伊崎にキスを落とし、南元はニッと笑った。

「ほんの数時間前までおまえを抱くなんて考えもしてなかったのに今この状態だぞ？　おまえの裸を見てもピクリともしなかったものが、今はヤバいくらい元気だ。この変化は俺にもまったく予測できなかった。先の感情の保証なんてできねえよ」

あまりにも正直すぎる。でもなぜか不安にはならなかった。押しつけられているヤバいくらいに元気なものが、素直に「したい」と伝えてくる。それだけでいい。

「でもまあ、悪い方には変わらねえよ。少なくとも仕事に支障をきたすようなことには絶対にならない。これでいいか？」

「じゃ、じゃあ……遊びってことで」

「ああ、遊びだ。だからあんまり難しく考えんな。思いっきり気ぃ抜いて、全部空っぽにして、楽しめ」

南元は笑顔で言って、伊崎の前髪を梳《す》き上げると額にキスを落とした。

そんなところにキスされたことなんてなくて、伊崎は恥ずかしさにカーッと赤くなる。

目が合って笑われて、目を逸らす。

伊崎にとっては初めてのことばかりだが、南元にとっては日常的なことなのだろう。

この遊びはヤバい。わかっていてももう止められない。

吐息《といき》を首筋に感じただけで、全身の毛がザワッと逆立つ感じがした。耳を手ですっぽり覆われ、指でその裏側をなぞられるとビクッと身体が揺れる。

南元はバスルームから出てきた時から全裸だった。伊崎が腰に巻いていたタオルは南元の手によってすでに取り払われている。はきかけたパンツは膝下にわだかまったままだが、肌と肌が密着するのにはなんら支障がなかった。

南元の元気なものがグリグリと押しつけられ、それだけで昇天しそうなほどに感じてしまう。自分でも驚くほどの快感だった。

「あ、や……」

思わず腰を引くが、どこにも逃げ場はない。

「同じ性ってのは面白いな。ぶつかるけど、それが気持ちいい。勝負してるみたいだ」

格闘技好きの南元らしいたとえだ。剣士の伊崎にもその気持ちはわかる。同じ武器を持って、攻めて探り合って、互いに高め合う。

「勝負なら負けません」

逃げ腰を前に出し、擦《こす》り合わせるように揺らしてみる。

「俺に勝とうなんざ百年早い」

南元はニヤッと笑って唇を奪うと、伊崎の背に腕を回し、上から己《おのれ》のものを押しつけて主導権を取り戻す。

負けず嫌いはお互い様。相手を気持ちよくさせることに懸命になる。

伊崎は南元の胸に手を伸ばした。しっとりと手触りのよい肌、がっちりと手応えのある筋肉。この胸はちょっとやそっと殴られたくらいじゃビクともしないのだ。

「細身が好きなわりに嬉しそうだな」

とっさについた嘘は早々に綻《ほころ》びる。

「こ、こういうのもいいかなって……」

「だろ？　もっと触っていいぞ」

本当は頬ずりしたいほどだったが、それより先に南元が伊崎の胸に顔を落とした。

「ん……っ」

舌先で乳首を転がされてビクッと反応する。

「感じるのか、胸」

「わ、悪いですか」

思わず突っかかってしまう。素直にうなずけばいいだけなのに、自分に自信がないから過剰防衛で攻撃的になる。抱くなら刺々《とげとげ》しいより可愛い方がいいに決まっている。そんなことはわかっているが、演技なんてできないし簡単に性格は変えられない。

「悪くねえよ。感じるところがいっぱいある方が楽しいだろ、俺も、おまえも」

南元は気分を害した様子もなく、いやらしい顔でニヤッと笑った。その指で乳首を捏ねる。

「あ、や……」

早鐘《はやがね》を打つ心臓の上を舐められ、なにもかも見透かされているような気分になる。

本当は戦々恐々としていることも、未《いま》だに迷いがあることも、南元に嫌われたくなくて必死なことも――。

目を逸らせば口づけられ、

「俺を見ろ」

と間近に囁かれる。覚悟を決めろと言われた気がして、じっと見つめ返した。

「顔見ると、仕事を思い出すから……見たくないんです」

訊かれてもいないのに言い訳をする。恥ずかしくて目を合わせられないなんて、本当のことは言えなかった。

「仕事中に思い出して気持ちよくなっちゃったら困るって？」

「そんなことは言ってません。まだ全然気持ちよくないし」

からかわれて突っかかる。いつものやり取り。

惹かれる気持ちがあるから、近づきすぎないようにバリアを張ってきた。もうそれが癖《くせ》になっている。

「あ、そう。まあこれから気持ちよくなってもらうけどね」

南元はなにを言っても怒らなくて、いつも笑って流されてしまう。本気で相手にされていないようでちょっと悔しい。

「この体勢だと、睨まれるのも悪くねえな」

そんなふうに言われると、途端にどんな顔をすればいいのかわからなくなる。

「ザキ……おまえ可愛いな」

「な、なにバカなこと――」

カーッと耳まで真っ赤になって、グルグル視線をさまよわせる。もう憎まれ口も出てこない。

「なんか面白ぇ。癖になりそ」

南元は笑いながら胸に顔を埋め、美味そうに乳首を舐める。面白がられてムッとしつつも少しホッとした。

遊びなのだから楽しめばいい。深刻になることはない。

南元の厚い身体に手を回し、背中を撫で回す。今なら触り放題、撫で放題。抱きしめ放題なのだ。

「んっ、んんっ……」

それでも舐め放題、弄《いじ》り放題の南元に押され気味で、身を捩って快感をやり過ごす。

とんでもなく乱れてしまいそうで怖い。もっと浴びるほど酒を飲んでおけばよかった。

南元の髪にそっと触れてみれば、短い髪はごわごわしていた。やっぱり硬いんだと嬉しくなる。ずっと触れたくて、でもどうしても触れられなかった。

意識しすぎて気安く触ることができなかったのだ。

南元の指が腹に滑り、腹筋をなぞられて微妙な気分になる。顔を伏せている南元の表情は見えなくて、気になって問いかけた。

「硬い、でしょう？」

柔肌愛好家のお気に召《め》すとは思えない。

「いい腹筋だ」

笑いを含んだ答えが返ってきた。普通に褒め言葉なのだが、この状況ではまったく褒められている気がしない。

シックスパックをしばし撫でた手は茂《しげ》みへと下りていく。そこで思わず伊崎は逃げるように腰を引いた。

「そこは、無理して触らなくても……」

南元が怪訝《けげん》な顔になる。

「は？　触るだろ。男はここが肝《きも》だろ？」

ギュッとそこを摑まれて身体がビクッと反応する。指が絡みついてきて頰が紅潮する。それをじっと見て南元はニヤニヤと笑いながら口を開いた。

「だよな。男の身体はわかりやすくていい」

別に触れるのならいいのだ。男のものなんて触りたくないんじゃないかと気を遣って言ってやったのに、南元はまるで気にする様子もなく楽しそうにそれを握って先を捏ね回す。

「ん、あ、ちょっ……」

戯《たわむ》れに撫でて遊んでいるようでいて、感じるところを的確に突いてくる。

「あ、あぁ……」

自然に声が溢れて顎《あご》が上がる。乳首を唇で啄《ついば》まれるのも、裏筋を指でなぞられるのも、されたことがないわけじゃないのに今までにないほど気持ちいい。

なにが違うのか。南元がなにか特殊なやり方をしているのかと思ったのだが、そうではないらしい。今までと違うことといえば、相手が知ってる人だということだけ。

普段の自分を知らない人に抱かれるのは楽だ。なんの構えも気負いもなくさらけ出してしまえる。気持ちいいという顔をしても、驚かれたり引かれたりすることはない。

普段を知られている相手だと、いつもと違う自分を見せて呆れられやしないか、気持ち悪がられないか、恐れが先に立って自分をさらけ出すことにブレーキがかかる。

だけど、自分に触れている手があの手だと思うだけで気持ちいい。いつも適当なスキンシップを仕掛けてくる、警察手帳を取り出す、犯人を殴りつける、あの手。それが自分を弄って、擦って、気持ちよくしてくれる。あの手が……。

「もういい……離して、くださ……。俺がするから」

伊崎はたまらなくなって首を何度も横に振り、訴えた。これ以上触られたらおかしくなる。ブレーキが壊れてしまう。

「俺はする方が好きなんだよ。おまえもしたいなら、後でさせてやる。俺が先攻な」

南元は楽しんでいる。遊び。ゲーム。試合。相手が男だからこそ面白がっているのだろう。

南元の攻撃はどうしようもなく気持ちよくて、負けを覚悟する。『悪い方には変わらない』

『空っぽになって楽しめ』南元のその言葉を信じて、意地を手放す。

「ん……あ、あぁ……」

「気持ちいいか?」

問われて素直にうなずいた。

「ザキぃ……あんま可愛いと俺、すっげ張り切っちゃうけど。ついてこいよ?」

それにもうなずく。どこまでだってついていく。その自信はある。

南元は体位を変えるのもわりと力任せで強引だ。でもその都度《つど》大丈夫かと問いかけてくる。

無茶をするけど優しくて、無骨な指先は繊細で、たぶん人体を知り尽くしている。急所は優しくされると身体から力が抜ける。ちょっと痛くされると身体に緊張が走り、それが繰り返されるとわけがわからなくなって理性が飛んでいく。

「あ、あ、もう……もうダメ、イヤ……ァ……あぁっ、あ、あ……」

どこを触られても、なにをされても感じてしまう。取《と》り繕《つくろ》っている余裕はもうない。

「みなも、さ……あ……んっ、ヤッ……」

気持ちよすぎて怖い。だけど止まらない。どこまでも、翻弄《ほんろう》されるまま登り詰める。

「あ、イク、イクゥ……ッ」

表に裏に翻弄されて、伊崎は二度三度と精を放っていた。南元はまだたぶん一度もイッていないはず。だけど反撃に転じられない。

力は抜け、声は上げすぎて掠《かす》れている。快感の海に溺《おぼ》れて、息をすることも忘れてただたゆたう。空っぽになってすべて南元にされるまま。

うつぶせにさせられて、腰を高く上げさせられた。シーツを握りしめ、シーツに頬を擦りつけて待つ。背中から抱きしめられて、うなじに口づけられ、尻に熱いものを感じた。握られたコックはすでにぐちゅぐちゅだ。

「ザキ、後ろ……いいか?」

背中に口づけながら問われて、伊崎は二度うなずいた。もうだいぶ前から欲しかったのだ。

でも欲しいと言えなかった。そこだけ自制心が残っていた。

南元の指が尻の狭間《はざま》に滑る。襞《ひだ》を揉まれてビクビクッと反応する。

「欲しいのか？」

問われて小さくうなずいた。

「そこに、ジェルとゴムは……」

サイドボードを指さす。南元がシャワーを浴びている間に室内の自販機で買っておいた。買った時はやる気だったのだが、それを手にした途端に怖《お》じ気《け》づいた。南元はきっとジェルなんて使ったこともないだろうと思ったら逃げ出したくなった。

でも今は逃げ出すなんて選択肢はない。どうしても南元のそれが欲しい。

「あ、使い方わからないなら、俺、自分で」

自らサイドボードに手を伸ばそうとした。自分で準備するあられもない姿を見られても、欲しかった。

「ザキ」

その手を摑まれ、後ろから抱きしめられる。

「使い方はわかる。おまえは欲しいって言うだけでいい」

「え？」

振り返って南元の顔を見れば、じっとこちらを見る瞳は優しかったけれど、笑ってはいなかった。

「言ってみろよ、欲しいって」

「そ、そんなの……言わせたいですか」

戸惑う。南元はこれまでそういう要求をしてこなかった。したいようにして、伊崎を鳴かせ、翻弄するばかりだった。

「ああ、聞きたい。おまえの口から。言えよ、欲しいって。入れて、でもいいぞ」

南元は抱きしめて乳首を弄《もてあそ》びながら、じっとねだられるのを待っている。下半身は疼いてどうしようもなくて、今さら意地を張る気はないのになかなか口が開かない。

知らない人にはなんの苦もなく言えたのに……。

「ザキ？」

「ほ、欲しい……です」

言わないとこのまま終わるのではないかと、怖くなってやっと小さく声を絞り出した。

「ん？」

「欲しいって……」

「もうちょっと可愛くねだって」

こっちは必死だというのに、楽しげな声にムッとした。

「入れろって言ってんだよ！」

思わず切れて怒鳴ってしまい、ムードもなにもぶち壊しだと自分で後悔する。

すると南元は声を上げて笑い出した。

「いいね、それ。おまえらしくていいわ」

そんなことを言ってジェルに手を伸ばす。

使い方はわかると言った通り、後ろを解す手つきはスムーズで淀《よど》みない。鼻歌でも歌いそうなほどノリノリで指を入れ、広げる。

「南元さ……本当は、男、あるんじゃ……」

「ないって言ってんだろ。んなつまんねえ嘘はつかねえよ。どうやれば気持ちよくなるかはなんとなく本能でわかる」

動物か。いや人間しかこんなことしないのだが。なんにせよ勘のいい男なのは間違いない。

「しかしここに俺のが入るのか……？」

振り返ると、南元が自分のものを握って穴と見比べているのが見えた。

身体に相応しくたくましく屹立《きつりつ》したそれは、まるで凶器のようだ。確かに入るのか不安になるほどのものだったが、怯《おび》えより欲が勝った。それが早く欲しい。

「入る」

断言して恐怖心を押し殺し、自分に言い聞かせる。入るはず。そしてそれは最高に気持ちいいはず。

「んー？　そんなに欲しい？　なあ、欲しい？」

凶器の先端で入り口をつつきながら訊いてくる。南元は嫌な笑みを浮かべていた。楽しげで意地悪なSの顔。

「……ウザ」

反射的に口から出ていた。頬を染めてうなずくよりこっちが素なのだ。

「いいねえ、俄然《がぜん》攻め気にさせてくれる。ガンガンやられたい？」

南元はやっぱり怒らない。嬉しそうに言って、自分のものを押し当て、笑顔でそれを突き入れた。

「は……んっ」

「ザキ、いいのか？　このまま入れて」

先端だけを埋めて問いかけてくる。これにはもううなずくことしかできなかった。

「きっついな……もうちょい緩めるか」

そう言って抜こうとするから慌てて首を振る。

「大丈夫……そのまま、いい、から……」

優しさはありがたいが、もう待てなかった。眉根を寄せて振り返れば、南元がクスッと笑った。左の口の端が大きく上がる。

「OK、じゃあゆっくりな」

腰を摑んで、ねじ込むように前進してくる。伊崎は久しぶりの感覚に自分を宥《なだ》める方法を思い出そうとするが、思い出す前に南元の手が前を摑んで擦り、自然に力が抜けた。

「ん、あ、やっ……あ、入って……あぁ……」

入ってくる。擦れて、きつくて、気持ちいい。

奥まで入った南元はそれを伝えるように腰を揺らした。

確かに繫《つな》がっている。南元と……。

そう思っただけで南元を受け入れている場所がキュッと締まった。

「……っ、ザキ……動くぞ」

少し切羽詰《せっぱつ》まったような声にゾクッとする。感じてくれているのが嬉しい。自分でも南元を悦《よろこ》ばすことができた。

「あ、んっ、みなも……さ、あ、あっ、やっ……」

繫がって擦られると、これまでとは比べものにならない快感が襲う。

大きさとか角度とかじゃない、テクニックなんてものでもなく……やっぱりそれは南元だから、なのだろう。

身体の奥からじわじわと込み上げてくる、温かく熱いなにか――。

「あ、いい、すごく……はぁ……、ん、んんっ……」

背をのけぞらせ、なにも逃さぬように締め付けて、快感を貪《むさぼ》る。

背後を振り返るのは確認したいから。他の誰でもない南元が自分で感じてくれている。その顔が見たかった。

目が合うと、南元は鋭い瞳で、まるで舌なめずりするようにニヤリと笑った。

それは獲物を仕留めた時の顔。犯人を追い詰めた時に見せる顔より、温度も湿度も高めの、野性的でどうしようもなく魅力的な顔だった。

これはヤバい。込み上げてくるなにかに心を乗っ取られてしまいそうになって、必死で逃げる。ヤバい、ヤバい、ヤバい……ダメだ。

しかし身体は従順に、高みへと駆け上がっていく。

南元が覆い被さってきて、後ろからぎゅっと抱きしめられた。

「ザキ……出すぞ」

吐息のような声で律儀《りちぎ》に報告してくる。

「ん。俺も、また……イ、クッ……」

激しい抽挿《ちゅうそう》の後、深く突き上げられて、まるで押し出されるように達していた。もう何度目かよくわからない射精は出るものこそ少なかったけれど、一番心が震えた。

あまりの気持ちよさに恍惚《こうこつ》となる。

南元の支えがなくなると、ずるずるとベッドに崩れ落ちた。もうどこにも力が入らない。

「ザキ」

上から声がして見下ろされているのを感じる。だけど顔を向けることはできなかった。

ぐったりしている伊崎の横に身体を横たえた南元は、その腕で伊崎の頭を抱き、耳を啄むようにして囁いた。

「すっげえよかった。またしような」

やっぱり軽い。でもその言葉で、伊崎の中に残っていた最後の憂《うれ》いが消えた。

また次がある。ということは嫌われなかったということ。それだけでいい。

南元の腕の中、その心音なのかとても安心する音を聴く。もぞもぞと最後の力で縋りつくと、力尽きて眠りに落ちた。


目覚めると、その胸にしがみついていた。とてもいい夢を見ていた気がする。身体はだるいが心はスッキリしている。

ストレス発散になったのは確かなようだ。

しかしこれは……まずい、気がする。

そっと離れて上体を起こし、こめかみに手をやる。頭痛がするが、二日酔いによるものではなかった。

「頭、痛いのか？」

掠れた声をかけられ、異常にビクッとする。

「え、いえ……少し、いやだいぶ飲みすぎたのかも」

「そんなに飲んでたっけ？」

南元が大きく背伸びして上体を起こし、ベッドから降りようとする伊崎の背に密着して腰に腕を回す。

「酔ってたから……南元さんも酔ってたから、だからこういうことになっちゃって。その、すみません」

「ん？　なにを謝る？　俺は自分の行動に責任持てなくなるまで飲まねえよ。全部ちゃんと覚えてる。おかげでスッキリだ。おまえは？」

南元の手が腹筋を撫でて、その動きに昨夜の余韻《よいん》がじわりと目を覚ます。

「スッキリは、してますけど……」

「じゃあOK。俺も楽しかったし気持ちよかった。身体の相性までいいなんてすげえよな、相棒」

「そ、そう……ですね」

「なんだよ、まだ浮かない顔だな。もう一ラウンド、行っとくか？」

冗談だと思ったら、片手で軽々と伊崎の身体を引き倒し、あっという間にマウントポジシヨンを取る。
南元にとって、セックスはスポーツで格闘技で、遊びなのだ。
深く考えなければいい。遊び相手になれるのなら付き合う。
また大きくなりはじめた憂いには目を瞑《つぶ》り、南元の手にすべてを委《ゆだ》ねた。

三

あれから、二度寝た。

南元とのセックスはヤバいほどいい。よすぎてヤバい。

「ザキ、そっち行ったぞ！」

「了解」

黒い人影を確認して走り出す。容疑者の自宅、裏手の茂みに出られるところがあるのはすでに確認済み。現れた男に摑みかかろうとしたら、その手にギラッと光るものが見えた。すんでのところでそれを躱《かわ》す。

「包丁持ってます！」

容疑者の背後から追ってきた南元に伝える。

容疑者は三十三歳、両親と同居の無職男。どうやらキッチンで包丁を摑んできたらしい。

「おいおい、包丁は人を刺すもんじゃねえぞ。お母さんはおまえのためにそれでせっせと料理を作ってくれたんじゃねえのか？」

南元の説得は軽い。包丁に脅威《きょうい》などまるで感じていないのは確かだ。ほとんど引きこもり状態の男が凶器を持ったところで満足に使えるはずがなく、南元には三歳児がおもちゃの包丁を握っているくらいに見えているだろう。

容疑者は南元を見て、伊崎を見て、伊崎の方に突進してくる。妥当《だとう》な判断だが、むかつく。

「細身、舐めんなよ！」

伊崎は突き出された包丁を持つ手首を摑み、体を躱しながらヒョイと振り下ろした。ひょろりと背の高い男は、手首を支点にくるりと一回転し、腰から地面に落ちる。

「はい、終了」

伊崎が包丁を取り上げ、南元がたくましい腕で首をロックすれば、男はもう抵抗することなく、腰が痛いと泣き出した。

「逃げるために身体を鍛えとくべきだったな。ま、ムショの中で肉体と精神の改造に励めや」

「建造物侵入と放火の容疑で逮捕します」

手錠をかけて連行する。

近所の人が馬鹿にした目で自分を見たからと、その家の玄関に灯油をまいて火を付けた。幸い発見が早くて小火《ぼや》ですんだが、放火は重犯罪だ。

息子の衣類から灯油の匂《にお》いがすることに気づいた母親が通報してきた。このままでは息子はどんどん駄目になる。人を殺《あや》めるようなことになる前に、たとえ前科者になっても矯正《きょうせい》してほしい。自分たちではもうできないから……と、初老にさしかかった両親は覚悟を決めた。

庇《かば》い隠すことをしなかったのは賢明な判断だ。自分たちの世間体《せけんてい》より息子の将来を考えた結果だろう。その心をこのぐうたら息子がわかるかどうかは謎《なぞ》だが。

「細身舐めんな、はよかったな」

車の後部座席に容疑者と並んで座った南元は、運転する伊崎に楽しそうに言った。

「ああいう狭いところなら俺の方が動きやすいのに、体格だけで判断するなんて浅はかだ」

「まあ、素人《しろうと》なんだから許してやれよ。俺んとこ来てたら腕の一本も折ってたかもしれないから、あながち間違った判断じゃなかったんじゃねえか」

「ああ、摑んだだけでポキッといきそうですよね」

自分とは関係ないように進められる会話を聞いている当事者は、南元からできるだけ離れて青い顔で小さくなっている。

伊崎たちが所属する刑事課強行犯係が受け持つのは、主に殺人や強盗などの凶悪犯罪だ。命の危険は常に伴うし、恨《うら》みも買いやすい。

三ヶ森署管内は比較的事件の多い地区で、残念ながら暇なことはあまりなかった。

署に戻って男を取り調べたが、早く南元から離れたい男は訊かれるまますべて素直に答えた。スムーズに送検までの作業が完了する。

「ザーキー、暇か？」

午後七時。それがなんの誘いなのかもうわかっている。明日、伊崎は休みだ。二人の休みは必ずしも一緒とは限らないが、南元は翌日仕事でも一向にかまわない体力の持ち主なので、伊崎の休みを尊重してくれる。

それはありがたいが、伊崎としては複雑だった。

「あんまり彼女たちを放っておくと、本当にふられちゃいますよ？」

「大丈夫。最近はまんべんなく相手してるから。みんなにこにこハッピーで円満、円満」

言ってることはロクデナシなのだが、実際に彼女たちはきっと笑顔なのだろうと想像できて責める気になれない。きっと自分と同じ。少しの不安と不満を持ちながら、でもこの現状を壊したくない。南元の存在に救われているから。

彼女たちの気持ちがわかってしまう自分はちょっと不幸かもしれない。

「じゃあ今日は谷間なんですか」

また誰も相手してくれなかったのかと問いかけてみたのだが、

「谷間なんてねえよ。おまえとやりたいから誘ってんだろ」

やりたいと耳元に囁かれてゾクッとする。

以前は肩に回されていた腕が、最近は腰に回るようになった。引き寄せられて腰と腰が密着すると抵抗する気力が失われてしまう。

自分がずぶずぶとはまっていってるのがわかる。もう胸まで浸《つ》かっているだろうか。あと少しで溺れてしまうかもしれない。

抜け出せなくなるのは困る。遊びはいつでもやめられるから遊びなのであって、やめられなくなったらそれは中毒だ。病気だ。常習性のあるものは、早めに見切りをつけなくてはならない。

わかっているのに、すでにもうこの悪い遊びをやめられなくなっている。

本当に嘘みたいに相性がよくて、気持ちよくて。南元もそう思っているのだと思うと嬉しくて。どうしても断れない。

でも、このままではよくない。傍目《はため》にもわかる変化があるらしいと、昨日知った。

「最近、伊崎くんはなんか……雰囲気変わったよね」

昨夜、八坂と近くの定食屋に行って言われた言葉。また今度、と言った約束を履行《りこう》するのに一ヶ月かかった。互いに忙しくて時間が合わなかったのもあるが、あまり会いたくなかったというのが正直なところ。

八坂はぼんやりしているようで鋭いから、なにかを見抜かれそうな気がして。

「そうか？　別になにもないけど」

そうしらばっくれたが内心ではかなり焦っていた。雰囲気ってどんな雰囲気だよ!?　と。

「恋人ができたんじゃないの？」

やっぱり鋭い。間違っているけど鋭い。

「ないない。そんな暇ないし、俺はもてないし」

「それは嘘だね。僕はきみのことを好きな子を三人は知ってるよ」

「誰だよ、それ。俺は知らねえぞ。教えろよ」

「伊崎くんは……見てないからね。事件に関することには熱心だけど、普段は自分に関係ないと思ったらスルーだよね」

「そんなことは、ないと思うんだけど」

とりあえず否定してみたが、改めて考えると自信がなくなった。職場の恋愛相関図なんてものにはものすごく疎い。知らぬ間にすぐ近くでカップルができあがっていて、結婚すると聞いて驚く。そんなことが何度もあった。

「もっと人の目を気にした方がいいよ」

「人の目は気にしてるぞ。わりと……かなり」

ゲイだという負い目があるから、人の目は気になる。だけど確かに自分と関係のないことならどうでもいいかもしれない。

「じゃあ抜けてるのかな」

「なにぃ!?」

ヘラッと笑った八坂を睨みつける。

「伊崎くんは怖いけど怖くないよ。理不尽に殴ったりはしないからね。僕は中学生の時、伊崎くんと会ってるんだ。覚えてないだろうけど」

「会ってる？　おまえ今までそんなこと言わなかったじゃないか。大会でか？」

八坂との接点といったら剣道しか思い浮かばなかった。出身地も離れているし、趣味も友達もまるで合いそうにない。

「うん。伊崎くんは覚えてないだろうと思って。中学三年の時の、伊崎くんが個人で優勝した大会だよ。僕も団体で出場してたんだ。控え室とかなくて、学校ごとに廊下《ろうか》とかを陣取ってたでしょ？　僕の学校と伊崎くんの学校、隣り合って座ってたんだ」

「ああ……そんな感じだったかも。隣……よく覚えてるな。もしかして、俺なんかした？」

まるっきり記憶にないが、した方は覚えていなくても、された方は覚えているということはよくある。しかしそういうのは、あまりいいことではない可能性が高い。

あの頃は剣道に燃えていたから、優勝して浮かれてなにかやらかしたのか。

「うん。あの頃、僕ととても折り合いの悪い同級生がいて、なにかというと言いがかりをつけられていたんだ。うちは金持ちで、彼の家はそうじゃなくて、その時も僕がしてる防具がとても高価だから、そのおかげで勝てたんだ、なんて言って。試合で僕が勝って彼が負けたのが気に入らなかったんだ」

「は？　馬鹿じゃないの、そいつ。防具なんか関係ないだろ」

思わず言ってしまえば、八坂は笑った。クスクスと大きな身体に似合わぬ上品な笑い。

「あの時もそんなふうに言ってたよ、伊崎くん」

「え、俺、お隣のことに口を出したの？　うわあ……」

「隣に座ってて聞こえたんだと思うよ。伊崎くんは個人の試合前で集中しようとしてて、あんまりくだらないことを言ってるから苛々《いらいら》したんじゃないかな。『防具が高いか安いか調べてる間に竹刀振れよ！　だから弱ぇんだろ、馬鹿じゃねえの⁉』ってね。そして僕にも、『へらへら笑ってんなよ、こんな阿呆《あほ》はぶん殴れ！』って言った」

「あー……なんか思い出したかも。そいつ、自分ちは貧しくて家の手伝いしなきゃいけなくて時間がない、とかなんとか言い出して……」

「『そんな言い訳しなきゃならない程度ならやめちまえ、やりたくてやってんならグダグダ言うな！』って伊崎くん一喝《いっかつ》したんだ。それでもなんか言い返そうとしたあいつに、『言いたいことがあるなら試合場で聞いてやる』って。格好よかったなあ。あいつ個人戦出てなかったし。伊崎くんの防具は安そうだったけど、優勝しちゃったし。僕は八つ当たりで殴られたけど、全然痛くなかった」

「結局殴られてんじゃねえかよ。てか、俺の防具が安そうは余計だ」

若気の至りを暴露されて、照れくさいやら恥ずかしいやら。

八坂が警察学校で初めて会った時から妙に好意的だった理由がそれでわかった。懐かれているような気がしたのも気のせいじゃなかったらしい。

「僕は伊崎くんと対戦したくて強くなったんだよ。でも高校の試合には全然出てこなくて……。グレて剣道やめちゃったって噂だったけど、本当？」

「まあ……そういうことだ」

「貧乏だったから？」

「グレる理由は貧乏だけじゃねえだろ。なんかおまえがいじめられた理由が今わかった気がしたぞ」

八坂は悪気なく、なのかどうかはわからないが、さらっと人の気に障《さわ》ることを言う。

「血の気は多そうだったけど、僕は伊崎くんのこと正義の人だと思ってたから、グレたっていうのが意外だったんだよね。警察学校で会った時は、更生したんだって思って、すごく嬉しかった」

「そりゃどうも」

その頃の話はあまりしたくない。なにかがあって非行に走ったわけではなく、ただ友達を護りたくて一緒にいたら、立派な不良少年になっていた。不良の世界では喧嘩が強いと崇《あが》め奉《たてまつ》られる。剣道で培われた動体視力や身体能力が変なところで役に立ってしまった。

「おまえは人のことよく見てるな。観察眼が鋭いっていうか……鑑識の人間だからか？」

自分のことを話したくなくて、八坂のことに話を振る。

「普通だと思うよ。気になるものには目が行くものでしょ」

「まあ、そりゃそうか……」

最近は南元にばかり目が行く。見ちゃいけないと思うほど見てしまう。

「強い人って、自分のことを疎《おろそ》かにしがちだから心配だよ」

「俺はそんな強い人じゃないけど、おまえに心配されてもな。頑張れよ、いろいろ」

おとなしい八坂は現場でよく怒鳴られていた。刑事には気性の荒いのが多く、早く捜査にかかりたいので鑑識に当たり散らすのだ。それで証拠を取り損ねてしまうことにもなりかねないのに。

「あ、うん。でも僕は大丈夫。弱いって自覚があるから、自己防衛は過剰なほどしてる」

「過剰なほどって……。別におまえは弱くないだろ？　剣道の腕を抜きにしても」

人に言い返さないのは弱いからではなく、摩擦《まさつ》を避けたいからだ。だからどんなにひどいことを言われてもヘラヘラして受け流している。

「弱いよ、すごく……」

一瞬嬉しそうな顔をしたくせに否定する。自信がないのだろう。

しかしそれは当然のことなのかもしれない。人には弱い部分も強い部分もある。伊崎自身、自分が強い人間だとはとても言えない。最近は特に言えない。

「南元さんってさ」

思い浮かべていた人の名前を聞いて密かに息を呑んだ。八坂の顔を見れば、こちらをちらちら見ながら続きを口にする。

「強い人だよね。腕っ節はもちろんだけど、誰にでも優しくて、自分を通す力があるっていうか……。ちょっと信用ならない感じはあるけど」

「そうだな」

伊崎は信用ならないとは思っていないが、そう見えるのは否定しない。

それからしばらく八坂による署内のいろんな人間の分析を聞いた。周りをよく見ることも八坂の過剰な自己防衛策のひとつなのだろう。冷静な分析に少し恐ろしささえ感じた。

酒も飲まずにそんな話を小一時間ほどして八坂とは別れた。


雰囲気が変わったと八坂に言われて、ドキッとした。自分ではまったく気づいていなかった。他の人には言われていないので、八坂だけがそう思っているのかもしれないが、そう言われれば思い当たる節はある。

ずっとどこかふわふわしていたのだ。幸福感、というものなのかもしれない。

自分の汚点だと思っている部分を憧れていた人が受け入れてくれた。否定されないだけでも嬉しいのに、思わぬオプションまでついてきて、浮かれてしまっていたのだろう。

八坂が鋭いのか。自分が甘いのか。どちらにしろ、より気を引き締めなくてはならない。これは息抜きの遊び。ばれればもちろん終わりだし、どちらかが異動になれば自然にフェイドアウトするだろう。その前に南元が飽きたら終わり。

今だけ……今だけだから。

「今日は暇だから付き合います。でも、俺に恋人ができたら終わりですよ」

あくまでも軽い調子で、こちらも遊びだと思っていることを伝える。南元が終わりを言い出しやすいように。

「おまえに恋人ねえ……面倒くさいって言ってなかったっけ」

「男の恋人は探すの大変なんですよ。そんな気力はないけど、遊び相手が降ってきたんだから、恋人が降ってくることもあるかもしれない」

「なるほど。まあ俺も思いがけず、だったしな。ザキは別腹なんだよなあ。時々無性に食いたくなる」

ニッと笑った顔に、いちいちドキドキさせられるのが悔しい。時々なんて言われても、無性にと言われると嬉しくなる。そんな自分が腹立たしい。

「別腹って、俺はデザートですか。そしてあんたはＯＬですか」

精一杯素っ気なく突き放した。

「俺は肉も草も甘い物も、なんでも美味しくいただく」

自分は節操なしだと堂々と言い放った男は、プレイボーイよろしく伊崎の耳に唇を寄せる。

柔らかな感触に伊崎はビクッと反応し、焦って耳を押さえ、周囲を見回した。

「しょ、署内ではやめてください！」

幸い周囲に人影はなく小声で注意したが、南元はしれっとしている。

「大丈夫だって。俺は前からわりとやってただろ？　みんな俺の冗談だと思うさ。あーでも、おまえが可愛い反応するようになっちゃったからなあ。ちょっと色気みたいのも出てきたし？　俺のおかげだよなあ」

「お、俺は変わってません。変わってないけど、とにかく触らないでください」

困る。色気ってなんだ。それは八坂が言っていたのと同じものなのだろうか。どうやったら止められるのだろう。

「普段ももうちょい柔らかくならねえ？　最中の半分くらいでいいからさ」

「なりません」

南元に攻撃的な態度を取ることで惹かれている自分を隠してきた。世間からも南元からも。

それが伊崎の自己防衛策。

しかし本当はもっと簡単な方法があることを知っている。たった一言でいい。

——もう抱かないでください。

その一言を口にすることが、伊崎にはどうしてもできなかった。

南元の指は意外に繊細で優しく触れてくる。大事にされているような気分にさせられる。きっと女に触れるように触れているのだろう。男の抱き方なんて知るはずもない。もっと乱暴でもかまわない。たまに強引にされるとドキドキする。でもやっぱり優しくされると嬉しい。

南元に抱かれた翌日は心身共に使い物にならなかった。身体はだるく、ずっと火照《ほて》っている感じがして、気がつけば南元の指の、唇の、舌の感触を反芻《はんすう》している。ハッと我に返っては溜息《ためいき》をつき、その繰り返し。

凶悪犯に立ち向かえるような状態であるはずもなく、急な呼び出しがかからないことをただ祈るばかりだった。

きっとそのうち抱かれることにも慣れる。慣れるほど続くかは謎だが、自分からやめると言い出すことはないだろう。

やっぱり悪い遊びは癖になる。でも、法に触れているわけじゃない。双方合意でストレスを発散しているだけ。悩んだんじゃ本末転倒だ。仕事さえきっちりやれば問題はない。

そう思ったところで携帯電話の着信音が鳴った。呼び出しかとドキッとする。しかしそれはメールの着信を知らせる短い音だった。緊急呼び出しは必ず電話で入る。

とりあえずホッとしてメールの差出人を見る。見覚えのない名前に、迷惑メールの類《たぐい》だろうかと思いながら本文を読んだ。ほんの短い一文。

『その男がいいのか？』

どういう意味なのか、なにが言いたいのかもわからない。だけど伊崎の脳裏には南元の顔が浮かんだ。その瞬間、喉元《のどもと》にナイフを突きつけられたような気分になる。

「その男」が南元なら、「いい」とはなんのことか。南元と寝たことを知っている人間がいるのか。それともなにか勘違いしているのか。

このメールを送りつけてきた人間は、自分がゲイだということを知っているのか。過去に関係を持った男だろうか。しかし私生活に干渉《かんしょう》されるほど深い付き合いをした男はいない。付き合おうと言われて断ったことはあるが、それもかなり前のことだ。まったく音沙汰《おとさた》もなかったのに、今さらこんなわけのわからないメールを送ってくるとは思えない。

ただの間違いメールか。新手のスパムメールか。追及したくても得体の知れないものに返信するのはためらわれた。

こういうものへの対処は放置が一番いい。無視だ。なにか言いたいことがあるのならまた送ってくるだろう。変に返信すれば気にかけてもらえたと調子づく輩《やから》もいる。文面から今すぐ危害を加えるような危険性は感じられない。

しかし、誰かに見られているのかもしれない……と思うと、急速に危機感が膨らんだ。視線に疎いと八坂に言われたばかり。抜けているとも言われた。そんなわけあるか、と思ったのだが、もしかしたら本当に抜けているのか、自分は……。

刑事というのは恨みを買いやすい仕事だ。逮捕した犯人に逆恨みされて刺された、なんて話も聞く。もっと身辺には気をつけるべきなのかもしれない。

ほんのり幸せだった桃色気分は完全に消えうせ、不安に駆られて窓の外に目を向ける。

しかしここは警察の独身寮。見張っている人間がいるとも思えない。

せめてもう少しわかりやすいメールにしてほしい。脅しなのか、警告なのか、単なる問いかけなのか。なにが目的なのかさっぱりわからなくて苛々する。

『その男』が南元であると仮定して問いに答えるならば、イエスだ。

南元がいい。南元以外は欲しくない。これ以上の遊び相手はいない。

メールは消さずにそのまま閉じた。第二第三がやってくるなら対処しなくてはならなくなる。その時のために証拠は残しておく。

敵がいるのかもしれないと思うと自然に気が引き締まった。ダラダラしてはいられない。なかなか効果的なカンフル剤になった。もしも偶然の迷惑メールであったなら感謝したいくらいだ。

「スクワットを百……いや二百回行っとくか」

身体を鍛えることで不安はいくらか払拭《ふっしょく》できる。というより、じっとしていられない。なにか嫌なものがじわじわ迫ってくる感じを振り払いたい。

だるい身体にむち打って、意地で二百回のスクワットをこなせば、身体はぐったり疲れるが意識はクリアになっていく。

疲れている時には甘いものだと、次はキッチンに向かう。

伊崎のキッチンには、秤《はかり》やふるいといった男の料理にはあまり使われないものが揃っている。材料をきっちり量《はか》り、溶かしバターと砂糖を混ぜ合わせた中に薄力粉をふるい入れ、砕《くだ》いたナッツを入れて、さくさくと混ぜ合わせ、押《お》し潰《つぶ》しては混ぜ、折りたたんでは混ぜ、なめらかになったらひとつにまとめる。板状に伸ばして包丁で正方形に切り、シートに並べてオーブンへ投入。タイマーを合わせればあとは待つだけ。

菓子作りは無心になれる。子供の頃、剣道に金がかかるという理由で小遣いをほとんどもらえず、それでも剣道は続けたい、甘いものも食べたい、という欲求を満たすために家にあるもので作った。それがいつの間にか趣味になったのだが、菓子作りが趣味だというと絶対に女みたいだと言われるので誰にも言ったことはない。

女みたいだと言われること自体が嫌なのではない。その時の嘲《あざけ》る響きが嫌なのだ。

思い出すのは親友に「気持ち悪い」と言われた時の蔑《さげす》むような声。裏切られたという顔。

ゲイであること自体が嫌なんじゃない。好きになってもなにも生み出さない、好きになった相手には迷惑でしかないそんな自分が嫌なのだ。

クッキーの焼ける甘い匂いに意識は沈静し、さらに落ち込んで、急速な眠気に襲われる。

疲れている時には甘いもの。甘いものは別腹。ザキは別腹。連想ゲームのように頭の中を巡り、最後に南元の笑顔が浮かんだ。

なくても生きていけるけど、あれば元気が出る。そんなものにでもなれたらいい。誰も好きにならなければきっとできる。

小さな染みのような不安を胸に残し、甘い眠りについた。

四

事件が起こってほしいなんて考えるのは不謹慎だ。刑事は暇を喜ぶべき——なのだが。

忙しく動き回っている方が気が紛《まぎ》れるし、事件のことを考えていると自分のことは自然に疎《おろそ》かになる。それがいい。デスクワークは思考が内に向かっていけない。

デスクワークが嫌いなのは隣にいる人も同じのはずなのだが、

「事件がない日は～、素晴らしい一日～」

変な歌を口ずさみつつ、なぜかご機嫌で書類作成にいそしんでいる。

「いつから書類作成が好きになったんですか？」

伊崎は南元に八つ当たりのように問いかけた。

「好きなわけねえだろ。こんな業務はこの世からなくなればいいってくらい嫌いだけど、終わらせれば定時で帰れる。そして明日は休みだ」

ニッと笑ったその顔がなにを言いたいのかわかった。が、わからないふりをする。

「彼女がお待ちですか。それはやる気も出るってものですね」

「ああーん？　おまえも明日休みだろ？　思いっきりやれるじゃん」

　ここまであけすけに言われればしらばっくれることもできない。

「俺がいつでも暇だと思ったら大間違いです」

「なんだよ、先約があるのか？」

「そういうことです。今日は金曜だし、夜だし、お暇な女性もいらっしゃるでしょう。俺とは事件が解決した後の打ち上げみたいな感じがいいと思うんですよ」

　たった一言のメールが悪い遊びにのめり込みそうになっていた心にブレーキをかけた。しかしきっぱり、もうしません、と言えないのが情けない。メールの着信から一週間が経つが、第二弾が送られてこないので危機感も中途半端だ。

　本当は、したいと言ってくれるならいつでも応じたい。でも別腹は食べすぎてはいけない。いくら食べても飽きない主食とは違うのだから。

「はー？　打ち上げ？　なんでだよ」

「俺はこれでも真面目な常識人なんで、遊ぶのにもそれなりの理由がいるんです。デザートはご褒美《ほうび》ってことで。普段は主食をもりもり食べてください」

　自分で言って胸がチクチク痛んだ。

「またなんか小難しくごちゃごちゃ考えてるのか？　それとも……なんかあったか？」

　南元の表情がちょっと引き締まったものに変わり、心配そうに伊崎の顔を覗き込む。なにげないところでもやっぱり鋭い。これも刑事の勘なのか。

「なにもありません。そもそも俺はそんなに好きじゃないんですよ、セックスってやつが。だからあまり頻繁だとかえって疲れるっていうか、ストレスになるので」

声が届きそうな範囲に人はいないが小声で喋る。職場でするのに相応しい会話ではない。

「えー、好きじゃない？　そんなふうには見えないけど……」

「そうなんです！」

訝しげな南元の言葉を大きな声で遮《さえぎ》る。

南元の観察眼は誤っていない。南元と寝るのは好きだ。でも、疲れるのもストレスになるのも本当だ。

このままずるずると溺れてしまいたくない。少し距離を置いて冷静になれば、知らない誰かにつけ入られるような隙もなくなるだろう。単純に回数を減らせば周りにばれるリスクも減る。

「誰かになんか言われた？」

「いいえ」

「最近色っぽいよー、とか」

「いいえっ！」

自分はそんなに腑《ふ》抜《ぬ》けているのかと心配になる。自分が色っぽいなんて思ったこともないし、それはないと思うのだが、だるさと色気は紙一重のような気もする。つまり、覇気《はき》がないというか、だらーっとしているということだろう。

「まあ……おまえがどうしてもって言うならそれでもいいけど。飯くらいいいだろ？」

「夕飯なら付き合ってくれる女性がいるでしょう、何人も」

「いるけど。もうちょっと俺に甘えるっていうか、懐いてくれても——」

「嫌です」

「ザキー」

南元は不満そうな声を出して、肩を組んでくる。

「触んなって言ってるでしょう」

その手を払いのけて伊崎は書類に向かった。

「冷たい……」

落ち込んだ様子で机に向かう南元は、明らかにやる気をなくしたようだ。ボールペンをぐるぐる回してふてくされているふうなのが可愛いなあ、なんてことを思いながら、書類に集中しているふりをする。

こんなに裏表がなくて、よく刑事なんてやってこられたものだ。

刑事は人が隠している裏の顔を暴く仕事だ。裏の顔があって当然と考え、実際それはある。人を信じられなくなって、いつの間にかこちらも本当の顔を隠すようになる。

南元だって裏切られたり傷つけられたりしてきたはず。もしかしたら自分の知らない隠している顔があるのだろうか。

ちらりと横を見れば、こちらを見ていた南元と目が合って、慌てて逸らす。逸らしてばかり、逃げてばかりだ。

南元は楽しく生きることが自分のプライドだと言っていた。法に触れない範囲なら自分の心の求めに応じる、とも。

自分が楽しいと思う道を進むのは、楽な道に流されることとは違う。どんな障害があっても自分が思うように道を切り開いて進んでいく。複数の彼女だろうと、男同士だろうと、自分がいいと思う道を進む。それはすごく困難で、常識という枠の中に身を潜めて自分を曲げる方がきっと楽だ。

南元の強さが眩《まぶ》しくて、少し怖い。その強さを自分に求められても困る。

なにごともなく終業時間を迎え、席を立った。

「ザキー」

「帰ります。お疲れさまでした」

なにか言われる前にさっさと逃げ出す。逃げなければ弱い自分は引っ張られてしまう。自分の道を進むために逃げる。

でも本当にそれは自分が進みたい道なのか……。仕事一筋、他はいらない。家庭を作れない自分に恋をする意味はない。だからもう恋はしない。

これは進みたい道ではなく、無難な道。自分が傷つかない道だ。わかっている。

自分の弱さを見つめながら、特に予定もなく繁華街を歩く。

人混みの中をさまよいつつ、それとなく背後を気にする。時に人気《ひとけ》のない道を歩いてみたり、歩く速度を上げてみたりしたが、つけられている様子はなかった。

自分にストーカーなんているはずがない。どうとでも取れるメールの内容に、自分の中の疚しい気持ちがたまたま合致しただけ、だったのだろう。

尾行がないとなると、路傍にたむろする若者たちに目が行く。そこに過去の自分を見る。

伊崎自身は高校にも一応ちゃんと通っていたし、成績も中の上というところで、服装もそれほど乱れていたわけじゃない。ただ親友が親の離婚を機にグレまくり、夜の街を徘徊《はいかい》するようになって、それに付き合って売られたり巻き込まれたりした喧嘩をきっちり買っていたら、いつの間にか不良少年のレッテルを貼られていた。

ガタイはよくても腕っ節はそれほどでもない親友のことが心配だったのだ。ずっと一緒だった。十年以上も親友だと思っていたが、壊れるのはあっけなかった。

嫌なことを思い出してしまって、少しばかり捨《す》て鉢《ばち》な気分になる。

伊崎は一軒のバーに足を向けた。少し前まではよく行っていたバーで、主に遊び相手を探すのに使っていた。つまりそういう同好の士が多く集まってくる場所だ。

久しぶりなのは、刑事になって行く暇も気力もなくなっていたから。そして、南元と仕事をすること以上の興奮がそこにあるとは思えなかったから。

南元のそばにいられるだけでよかった。性欲なんてどうでもよくなるくらい、ずっと昂揚《こうよう》していた。

その南元に抱かれるなんて夢の中のできごとだ。これ以上なんて望むべくもない。

欲しがらなければ得られないことはわかっているが、欲しがっても得られないものがあることもわかっている。

縋ればきっと南元は受け入れてくれる。捨てないでと言えばそうしてくれるだろう。今いる複数の彼女たちと同じように。

南元は来る者拒まず去る者追わず。だけど、自分だけを見てほしいと言われたら、それは無理だと答えるのだと、以前南元の口から聞いた。続けたいなら多くを欲しがらないこと。

南元のプライドが楽しく生きることにあるなら、伊崎のプライドは人を護ることにある。

たとえ自分のものにならなくても、大事な人の身体も心も、そしてプライドも護りたい。

そういうのが重い、と言われたことも過去にはあるけど……しょうがない。そうせずにはいられない性分なのだから。

バーの黒いドアを開けると、中はほとんど変わっていなかった。それほど広くない暗い店内を間接照明が照らす。テーブル席は五つ、カウンターには足の長いスツールが八つ。カウンターにはカップルが一組とシングルが二人。すべて男だ。

一番奥まった席が空いていたのでそこに腰かける。出入り口に視線を向けやすく、出入り口からは見えにくい席。

「あら、久しぶり」

マスターが声を掛けてくる。なかなかの男前だが、言葉遣いは優しい。

「お久しぶりです」

「いい男でも見つけてラブラブなのかと思ってたわ。真ちゃんはモテモテだもの」

「モテませんよ、全然。相変わらずフリーです。職場が変わって忙しかっただけで、これからまた来ます」

「あら嬉しい。真ちゃんが来なくなってお客さん減っちゃったんだから」

「相変わらず、お上手《じょうず》ですね」

「あら本当よー。私も寂しかったわ」

ジンライムを注文して待っていると、ドアが開いてスラリとした男が入ってきた。カーディガンを羽織《はお》ったラフな格好は品がよく、頭がよさそうに見えるのは黒縁の眼鏡のせいか。

いや、実際頭はいいはずだ。

「高木《たかぎ》さん……お久しぶりです」

伊崎は反射的に立ち上がろうとしたが、手で制される。

「やあ、真悟。ここで会うのは久しぶりだね」

高木はにこやかに寄ってきて空いていた隣の椅子に座った。

「あっちでも会ってないですよ」

「そうだっけ？　ああそうだ、異動できたんだよね。大変だろう？」

「その節は相談に乗ってもらってありがとうございました。大変だけど、やりがいは感じてます」

「ま、あそこはやりがいだけって言ってもいいくらいの部署だからね。命削って魂削って安月給。僕はやだね。マゾの集まりだよ」

爽《さわ》やかにきついことを言う。にこにこと優しそうな顔をしているが、高木が相当食えない人であることは承知している。

高木との出会いは三年前。伊崎が白バイ隊員として勤務していた署に、副署長として赴任《ふにん》してきた。キャリア採用の高木は当時二十七歳。小顔で眉目秀麗《びもくしゅうれい》、将来有望、しかも独身とくれば、女性警察官たちは色めき立った。

しかし男の、それも下っ端の警察官は、やってきては大した交流もなくすぐにいなくなる上司に興味はなかった。それでもまつげの長いきれいな顔は記憶に残っていて、このバーで見た時には心底驚いた。

ここに来る男は十中八九ゲイだ。たまに友達に連れてこられるストレートもいるが、高木はひとりだった。署でのキリッとした制服姿とはまるで別人のようなラフなスタイルで表情も柔らかく、もしかしたら双子《ふたご》の兄弟がいるのかと疑うくらい雰囲気が違っていた。

もちろん声は掛けなかった。副署長本人だとしても、末端の自分の顔など知るわけがないし、こんなところで職場の上司になんて会いたくない。さりげなく逃げようとしたのだが、声を掛けられた。

「きみ、白いマフラーの子だよねえ」

白いマフラーとは白バイ隊員が首に巻いているもの。スカイブルーのツナギに白いマフラー、黒いブーツが制服だ。高木が自分を知っていたことに驚き、声を掛けてきたことにも驚いた。ここは上司の方が知らんふりをするところではないのか。

「お、俺はあの……」

どう言おうかと難しい顔になった伊崎を見て高木は笑った。

「大丈夫、僕もお仲間だから。副署長なんてホント、つまらない雑用が多い退屈な仕事でね。唯一《ゆいいつ》の楽しみが可愛い男子をチェックすることなんだけど。うちではきみが一番きれいな顔をしている。あの制服もいいよねえ。腰とか、腰とか」

ニヤニヤと怪《あや》しい手つきをする。

「はあ……」

署で見る高木はもっとカッチリした怖い感じの人だった。笑顔なんて見たこともなくて、常に人の仕事の粗探しをしているなんていう噂がまことしやかに流れていた。

可愛い男子？　制服の腰？　まさかあの眼鏡の奥の鋭い瞳が見ていたのはそれなのか。

「むっつり、ですか……」

思わず正直な感想がこぼれた。慌てて口を押さえたがもう遅い。高木はじっとこっちを見て、クイッと口の端を上げた。

「むっつりしてると周りが勝手に勘違いしてご機嫌取ってくれるんだよ。こっちはエロい目で見てるのに、なんか怒られるんじゃないかって怯えてる感じが楽しくてやめられない」

仕事の粗探しをしているのではなく、セクハラしていただけらしい。しかし誰もそこに性的なものを感じていなければ、セクハラに当たるのかは微妙だ。

「それが素なんですか？」

「うん、これが素なんだけど、楽しいから黙っててくれるかな。僕も黙っててあげるから。上司とか忘れて仲よくしてよ」

すっかり毒気を抜かれてしまい、偉い人だという気負いも生まれず、伊崎はただその言葉にうなずいた。

それからはメールのやり取りをしたり、一緒に飲んだり、普通に歳上の友達として付き合ってきた。抱いてやろうか？　なんて言われたこともあるが、タイプじゃないと答えたら、僕もだよ、と返された。

気の置けない友人だが、刑事になってからは忙しく、高木も地方勤務になって疎遠《そえん》になっていた。

「こっちに戻ってきたんですか？」

「そう、ちょっと前にね。今は本社勤務。楽しくないんだよねえ。可愛い子もいないし。なんなら真悟、異動してくる？　ピピッと操作しちゃうよ？」

本社というのは警察庁のことだ。警察官の会話は隠語や言い換えが多い。外ではなるべく警察関係者だとわからないように会話するのが習慣になっている。

ちなみにピピッと操作しても警視庁採用の伊崎は警察庁勤務にはなれない。

「俺はマゾなので、今の職場が向いてる気がします」

「だよねえ。今時、奉職とか流行《はや》らないけど、真悟はクールな顔して本気で仕事に命かけちゃいそうだよねえ。自分をいじめすぎて死ぬんじゃないよ？」

刑事になりたいと相談した時、高木は「やりたいと思うんだったらやればいい」と背中を押してくれたが、「勧めないけどね」と言われもした。

心身ともに負荷は大きく、死ぬなという言葉が大げさでもなんでもない仕事。伊崎だって人に勧めようとは思わない。自分からやりたいと思わなくてはできない仕事だ。

昔は花形だった刑事や白バイ乗りも、今では敬遠される部署になってしまっている。仕事より私生活に重きを置く人間が増え、見た目の格好よさややりがいより、安全で堅実できるだけ楽な仕事を志望する者が多くなった。

その点、伊崎は時代と逆行する古いタイプの人間だ。

「俺は私生活で頑張ることもないから。女房子供を養うわけでもないし。仕事が生きがいなんですよ」

「女房子供だけが私生活じゃないだろ。まだ特定の彼氏はいらないとか言ってる？」

「言ってます」

「本当もったいない。きみを見ていると、無駄に見合いの世話を焼く親戚《しんせき》のおばさんの気持ちがわかっちゃうよ。どうせあんまり遊んでもいないいんだろ？」

「いいえ、最近はちゃんと遊んでます」

「えー、本当に？」

高木は訝しげに伊崎を見る。このバーに来てもなかなか相手を見つけられない、というよりり見つけようとしなかった伊崎を高木は知っている。

性欲が薄いと南元に言ったのは嘘ではない。この人ならいいかな、と思える相手が見つからなければ、しなくても平気なのだ。

「幸いそういう相手が見つかりまして」

「へえ。どんなタイプ？　男前？　たくましいの？」

「言いません」

たくましい男が好きだと前に話したことがあった。言わなければよかったと今になって思う。たくましいというだけで南元に辿り着くとは思えないけれど。

「えー、僕はずっと真悟のことを心配してたんだよ？　教えてくれたっていいんじゃない？　あ、まさか身内？」

高木の言う身内とは警察関係者のことだ。

「そ、そんなはずないじゃないですか」

そこは最初からしらばっくれるつもりで話したのにドキドキしてしまう。

「ふーん？」

「違いますよ！」

「なにも言ってないよ。まあ深く詮索《せんさく》はしないけど、なにか苦しいことがあったら言いなさい。真悟はすぐ自分の中に溜め込むから心配だよ」

「俺ってそんなに溜めてるように見えますか？」

「他の人にも言われた？　あ、もしかしてその遊び相手に？」

「いえ。まあ……」

「ふーん。ふーん。その人はきみをよく見てるみたいだね。近くにいるのに頼ってもらえないっていうのはなかなか歯痒《はがゆ》いものなんだよ？」

南元が言っていたのもそういうことだろう。頼りないと思っているから心配になるのだ。

歳下に対する優しさなのだろうけど、見くびられている気分になる。

「そんなのは余計なお世話です。自分でなんとかできます」

「お、出た。反抗期。普段は大人《おとな》ぶって従順そうな顔をしてるけど、実はやんちゃな不良少年気質。そういうとこ、かまいたくなるんだよねえ、からかいたくなるんだよねえ。藪《やぶ》をついたら猫が出てくるんじゃないかって……」

「なんで猫……。高木さんこそ、エリート官僚の顔をした、妄想《もうそう》スケベオヤジじゃないですか」

「オヤジ⁉　今のは減俸処分ものだね」

「妄想とスケベはいいんですか……」

高木といるととても楽だ。同類だと思うとつい口も緩む。

年齢的には南元とそう変わらないはず。どっちも飄々《ひょうひょう》と摑みどころがなく、己の人生を楽しもうとしているところは同じだが、見た目は正反対で、考え方のベクトルもたぶん正反対だ。

高木はクールでどこか投げやりな感じがある。南元は熱くてなんにでも積極的だ。楽しようとするのと、楽しもうとするのはまったく違う。ただどちらも魅力的ではある。

「そういえば、三ヶ森にはあいつがいるだろう？　南元」

思い出していた男の名前が高木の口から出て、口に含んだジンライムが変なところに入った。盛大にむせる。

「おいおい大丈夫か？」

「だ、大丈夫です。高木さんは南元さんをご存じなんですか？」

「ああ。前に一緒に仕事をしたことがある。会議の時には寝てばっかりなのに、ふらっと捕まえてくるんだ。優秀だからこそイラッとするんだよねえ」

「今も寝てばっかりです。確かにイラッとします」

「でもきみは奴に憧れて異動したんだろう？」

「え⁉　俺そんなこと言いましたっけ？」

「僕が、なんで今さら？　って訊いた時、すごく興奮した様子で、ヒーローの話を聞かせてくれたよ。内緒だって言われたからって名前は教えてくれなかったけど、僕は一応キャリアだからね、ちょっと調べればすぐにわかる」

「調べたんですか」

「ちょっと興味が湧《わ》いてね。まあ奴は目立つから、内緒もなにもなかったけど」

「そうですか……」

調べられるとは思っていなかった。そんな興味をそそられるような話し方をしただろうか。思わぬところから綻びが出るのは事件の捜査でもよくあることだ。

「ヒーローは近くで見てもヒーローだったかい？」

「うーん……どうでしょう。とりあえず、俺の常識では許れない人だとは思います」

「南元が女好きの節操なしってのは有名な話だからね。朱に交わってちょっとは赤くなった方がいいかも。でも僕は、真悟の堅さも好きなんだよなあ。悩むなあ……」

「なにを悩むんですか。俺は堅くないですよ。遊んでるって言ったでしょ」

「本当にそれ、遊びなの？」

冗談めかして問いながら、高木の目は笑っていない。

一瞬答えに躊躇したところで、胸の内ポケットに入れていた携帯電話が鳴った。

「あ、すみません」

断って電話に出れば、緊急の呼び出しだった。管内で殺人事件が発生したらしい。

「すみません、俺行きます」

「ああ、僕も出るよ。通り道だから途中で降ろしてあげる」

その言葉に甘えて、タクシーに乗り合わせて署に戻った。降り際、代金を払おうとしたが当然のように拒否された。

「僕がきみの何倍のお給料をもらってるか知らないだろう？　知ったら払うなんて絶対に言わないよ」

「じゃあ……お言葉に甘えます、キャリア様」

笑って頭を下げれば、高木も笑った。

タクシーは走り去り、署に入ろうと振り返ったら、門のところに南元が立っていた。

「お疲れさまです」

伊崎はいつものように挨拶《あいさつ》したのだが、南元は珍しく不機嫌そうな顔をしていた。険しい顔をすると、害がないと知っていても身構えてしまうくらい迫力がある。

「あれって高木だろう。一緒だったのか？」

どうやら南元も高木をよく思っていないようだ。

「ええ、一緒に飲んでました。だから俺、運転はできません。南元さんは？」

「俺も飲んでたよ、ひとりでな。なんだよ、おっさんと飲むんなら、俺とでもいいじゃん」

高木に対する不快感ではなく、拗ねているだけなのか？

「ひとりって……またふられたんですか？」

金曜の夜に空いてないと言われたのなら、もう本格的にふられたとしか思えない。ほんの少し喜んでいる自分がいて、だからといって独占できるわけではないと自分に言い聞かせる。

「ふられてねえよ。誘わなかっただけだ。で、なんで高木なんだ？」

落胆《らくたん》して疑問が湧いて、それを訊く前に質問が来た。

「なんでと言われても。高木さんはお友達なので」

嘘ではない。高木は友達だ。南元を断った理由は高木ではなかったが、ちょうどいいのでそういうことにさせてもらう。高木に迷惑がかかることはないだろう。

「お友達⁉　あのむっつり陰険野郎と？」

ずいぶんな言われようだ。むっつりは共通見解だが、陰険だと思ったことはない。そういう面を見る機会がなかっただけかもしれないが。

「あー！　まさかあいつもお仲間とか？　おまえ、あいつと……」

疑惑の眼差しを向けられ、よもやそう来るとは思ってなくて慌てる。そう解釈されると高木に迷惑がかかってしまう。

「ち、違います！　高木さんはただの飲み友達です」

「ふーん。ただのお友達の前だと笑うんだな。俺にはすっげえ冷たいのに。俺はあいつ以下か？」

「以下とかそういうことじゃないでしょう。南元さんは俺にとって……」

大事な人だと言いそうになって踏みとどまる。それではあまりに意味深長だ。もっと軽い言葉をと思った瞬間に、セックスフレンドという言葉が脳裏をよぎったが、それはあまりに軽薄すぎる。間違いではないが、そういうふうには言いたくなかった。

「同僚です。そして、尊敬する先輩です」

じっとこちらを見て言葉を待つ南元に、無難な言葉を返した。

「嘘くせえ。尊敬されてるなんて感じたことないんだけど？」

「尊敬してますよ。……ある意味」

「どんな意味だよ」

「そんなのいいじゃないですか。早く行かないと課長に怒られますよ」

逃げるように署内へ駆け込む。実際急ぐべきなのだが、今のはただの逃げ口上だ。南元はふてくされたようについてくる。

余程高木が嫌いなのか。なにか競い合ってでもいるのか。高木の方は、従わないくせに優秀な南元が気に入らない、という感じだったが、他に個人的ななにかがあったのかもしれない。興味はあるが、訊くなら南元より高木の方がいい。

刑事課に行くと、そのまま取って返して現場へ向かうことになった。南元も一緒に同僚の運転する車に同乗し、車の中で詳細を聞いた。

「殺されていたのは村中蓮《むらなかれん》さん。二十四歳。職業はホスト。源氏名はレイジ。殺害現場は被害者の住居であるマンションの七階。702号室。2LDKにひとり暮らし。今鑑識が現場で作業中だが、死因は頭部を殴打《おうだ》された撲殺《ぼくさつ》のようだ。現状わかってるのはこれくらいだな」

運転しながらすらすらと教えてくれる。すでにベテランの域に達している刑事にとって、事件の基本情報を正確に頭に入れるのは至極当然で造作《ぞうさ》もないこと。管内の地図も頭に入っている。

現場に到着してエレベーターで七階に上がると、まだ鑑識作業が行われていた。中を覗き込むと八坂と目が合って、小さく会釈《えしゃく》された。それに片手を上げて応え、部屋の外で待機しながら追加情報を聞く。

「第一発見者はこのマンションの管理人。隣の住人からドアが開きっぱなしだと連絡があって、見にいったら中で人が倒れていたそうだ」

「犯人はドアを閉めるのも忘れるくらい動転して、慌てて逃げたってことか。金目の物は？」

「盗られていない。そこの衣装部屋に高そうなスーツとか腕時計とかごろごろあるけどな。凶器らしきガラスの置物も遺体《いたい》のそばに転がってた。怨恨《えんこん》による突発的犯行という線が濃厚だな。ガイシャはホストだし、痴情のもつれか」

すでに鑑識作業を終えたキッチンに入り、刑事五人で中を物色しつつ、今ある材料で事件を推理していく。

「おお、貯めてんなあ。俺もホストするかな」

被害者の預金通帳を開き、その残高を見て南元は言った。

伊崎は南元のホスト姿を想像する。派手なスーツやきらびやかな雰囲気は似合わないが、女をはべらせている姿は堂に入っていて、自分の想像にちょっとムッとする。

「南元さんには天職ですね。薹《とう》が立ってますけど」

「ザキ、男は若さじゃねえよ。歳を取るごとに深みを増して醸し出すものが……」

「加齢臭ですか」

「はあ⁉　やっぱり俺、尊敬されてない。年頃の娘だって父親にそんなに冷たくねえぞ」

「いや南元。年頃の娘はもっと冷たいぞ。加齢臭じゃなくて死臭とか言いやがる」

五十がらみの刑事が悲哀に満ちた表情で南元の肩を叩いた。

「安井《やすい》さん、生きて」

南元は安井の肩を抱いて元気づける。

殺害現場でふざけたやり取りは不謹慎だが、これでもみんな頭の中は事件のことでいっぱいだ。深刻に構えすぎないのがこの仕事を続ける秘訣《ひけつ》だということは、やっと最近理解できるようになってきた。

人が殺されることに慣れるのではなく、なにが起こってもフラットな精神状態を保つこと。それがすごく難しいことだということもわかってきた。

悲しみに押し潰されず、しかし感受性は豊かに。図太さと繊細さを併せ持った人たちは、どこかおかしな人が多かった。

南元はガスコンロにかけられていた鍋の蓋《ふた》を開け、匂いを嗅《か》いだかと思うと、指で掬ってペロッと舐めた。

「わ、南元さん⁉」

「お、うめぇ。ビーフシチュー、俺好きなんだよ。これ持って帰っちゃ……駄目だよな」

横から冷たい視線を浴びせれば、南元はすごすごと引き下がった。

伊崎は「なにか入ってたらどうするんですか」と呆れながら、心のメモにビーフシチューと書き込んだ。プライベートメモの方だ。なんの役に立つとも思えない南元の好物情報。

水切りかごには大きめのプラスチック容器がひとつだけ伏せてあった。シンクはきれいに片付けられていて、箱入りの赤ワインがひとつ置いてある。

「休日にワインとシチューでディナーってとこだったのか。優雅だな」

次は冷蔵庫を開けて上から下まで確認する。

「ホストさんは隠し妻でもいたのかね。どうやら一緒に住んでたわけじゃねえようだが、やっぱ男は家庭的な女に弱いよなあ」

南元の言葉にみんなうなずいたが、南元の背後から中を覗き込んでいた伊崎は首をひねる。

冷蔵室には調味料と飲み物、ボールに入れられたサラダ。冷凍室には何種類もの作り置きの料理がいろいろな容器に入れてある。ビーフシチューもここから出して解凍したのだろう。

「うちの冷蔵庫もこんな感じですけど……どのへんで女がいるってことになるんですかね」

言った途端にみんながギョッとした顔でこちらを見て、伊崎もギョッとする。

「おまえ、料理すんの？」

「まあ、たまーに、ですけど。だから一気にたくさん作って作り置きしたりします」

伊崎が主に作るのは菓子だが、料理もする。キッチンに立つのは掃除や洗濯より好きだ。

「おおー」

感心した声を発したのは南元だけではなかった。そこにいた刑事全員。年齢は五十代から二十代。伊崎が一番若い。

「おまえマメだな。男ひとり暮らしの冷蔵庫なんて、ビールを冷やすためだけにあるんだと思ってたよ、俺は。こんなミートソースとかシール貼った容器が冷凍庫に入ってんのは、料理上手な彼女持ちで間違いない、はずなんだが……」

「今は料理する男も多いですよ。そういう本も多いですし。休みの日に無駄に凝《こ》った料理とか作りたがるんですよ」

「じゃあこの、米とか粉が冷蔵庫に入ってるのはなんでだ？」

「ああ、ダニとか小さな虫が入らないように冷蔵庫で保存するのがいいってテレビでやってました。こういうのって、女っぽいってことになるんですかね……」

伊崎の友達には料理が趣味という男が普通にいた。料理を始めたきっかけは「女にもてると聞いたから」という男らしいのからしくないのかわからないものだったが、始めるとはまるらしい。ゲイだから女性的ということではないはずだが、南元はそう思ったかもしれない。

「あ、僕も料理しますよ。カレーとかビーフストロガノフとか作り置きしてます」

不安になった伊崎に賛同の声を発してくれたのは八坂だった。伊崎と南元の間に立って、伊崎だけに向かって、鑑識作業が終わったから入っていいよ、と言った。

「ああ、ありがとう」

八坂が笑うとちょっと怖い。顔が怖いせいもあるが、今は目がまったく笑っていなかった。

ぞろぞろと遺体のある部屋に移り、被害者に手を合わせて、鑑識の結果を聞く。

「頭を殴られた他には目立った外傷はない。傷口にガラス片が付着していたので、凶器はあの割れたガラスの置物だろう。死亡推定時刻は午後六時から八時の間。争った形跡はあるが、土足の痕跡《こんせき》はなし。あと、解剖《かいぼう》してみないとはっきり言えないが、たぶん二回殴られてる」

ベテラン鑑識員の報告を伊崎は手帳に書き留めた。南元は耳だけ傾けて、うろうろと室内を物色して回る。いつものことだ。

部分的な材料をかき集め、繋ぎ合わせて仮説を組み立てる。足りないものを埋め、埋まらない事実が出てきたら仮説を組み立て直し、確証が持てるまで口に出さない。だから高木の言うように、ボーッとしていたのが突然犯人を捕まえてきた、と感じるのだ。

今もなにかが摑めているのかいないのかさえ、伊崎にはわからない。未熟ながらも伊崎なりの仮説を立ててみるだけ。

通帳残高はすごかったが、家賃はごく平均的。家具も必要最小限。時計やアクセサリー、スーツなどは多いが、きれいに整頓《せいとん》されていて堅実な印象を受ける。ほこりもほとんど積もってなくて、置物がどこにあったのかもよくわからなかった。ホストだから生活が乱れているというのは偏見《へんけん》だろうが、銀行員の部屋と言われた方がしっくりくる雰囲気だった。

身につけている服はカジュアルなもので、ボーダーのシャツにジーンズ。アクセサリーは左手中指にごつい指輪をしているだけ。その年頃の男が部屋でくつろいでいる格好としては、特におかしなところはない。

風呂場や洗面台なども見て回ったが、女の気配は感じられなかった。この部屋には女を入れていなかったのだろう。手帳の字と作り置きに貼られていたメモ書きの字は同じで、取れた指紋《しもん》もひとり分。やはり料理は被害者の手によるもののようだった。

「料理上手の女じゃなかったかー」

署に戻る車の中で南元が言った。同僚の運転で署に戻るところ。伊崎と南元は後部座席に座り、前に座る二人も事件について話をしている。

「南元さんって考え方は柔軟なのに、基本的なところが古いんですね」

ゲイだから女みたいなことをするという話にならなくてよかった。

「人をじじいみたいに言うな。まだピチピチの三十歳だ」

「年齢よりも頭の中が老いてるって、余計残念じゃないですか」

「老いてるとか言うんじゃねえ。俺が元気なのは知ってるだろ?」

ニヤッといやらしく笑うから伊崎は渋い顔になる。

「……オヤジ」

現場で真面目な顔をしている南元は、やっぱりすごく格好いいと思ったのに残念すぎる。

「なんでおまえ、笑わないの?」

「今のじゃ笑えないでしょう」

「じゃあなにを言ったらおまえは笑うんだ？　高木にはなにを言われた？」

「俺、笑ってました？」

「笑ってたよ、すごく自然に。あいつより絶対俺の方が面白いはずなのに、俺はあんな笑顔見たことない」

「なに張り合ってるんですか。高木さん、嫌いなんですか？」

「別になんとも思ってなかったが、さっき嫌いになった」

おまえを笑わせていたから嫌いになった、と聞こえた。が、そんなはずはない。それじゃまるで嫉妬《しっと》してるみたいだ。南元が嫉妬なんてするはずがない。

そう思いながらも鼓動《こどう》はどんどん速くなっていく。

「俺は普通に笑いますよ。南元さんが面白くないだけでしょ」

平静を装おうとすると攻撃的になってしまう。南元に冷たいのは意識しすぎているからで、高木の前で笑えていたとしたら、それはまったく意識していなかったからだ。

「んだと？　俺があのむっつりより面白くないなんてあるか」

「南元さんの冗談は下品なんですよ」

「下品のなにが悪い。世界のすべては下品から生まれてんだよ。下品は正義だ」

「言ってることがわかりません」

言い合っていると前の席から笑い声が聞こえてきた。

「おまえら本当、仲いいなあ」

「ザキー、南元から下品を取ったらなーんも残らんぞ」

南元よりも歳上の同僚たちはそうからかってくる。

「仲よくありません」

「仲はいいけど、俺を下品だけの男だと思ったら大間違いですよ、安井さん」

わいわいと愚にもつかない話をしていると、鼓動も次第に落ち着きを取り戻す。

南元が妬《や》くわけがない。高木に対する強い対抗意識のようなものが眠っていたのだろう。

しかしそれを刺激したのが自分の笑顔なのは事実。頬が緩みそうになるのを引き締める。

自分が笑ったら南元は喜んでくれるのだろうか……。

それなら笑ってみようか、なんてことを思った自分が恥ずかしく、きつく眉根を寄せて事件のことを考えているふりをした。


署に戻ると捜査《そうさ》会議が開かれる。ホワイトボードには被害者の名前などの情報と事件の概要が記されていた。

この被害者もまだ若い。お金を貯めていたのはなんらかの志があったからではないのか。

夢半ばで命を断たれた人を見るとなんだか申し訳ない気分になる。

自分が恵まれすぎのような気がして。

夢が叶《かな》い、憧《あこが》れた人と仕事ができて、その上その人と……。

恵まれすぎているからこそ怖い。そのうちとんでもない不幸に見舞われるのではないか。あのメールの主からはその後なんの音沙汰《おとさた》もないが、セットされた時限爆弾《ばくだん》は密かにカウントダウンを続けている——そんな気がしてならない。

壊される前に自ら終わらせた方がいいのか。いつか壊れるのだからその時まで大事にすべきなのか。

ホワイトボードをじっと見つめてそんなことを考えていた。

「おまえとひとつしか違わないんだよな、ガイシャ。少しは楽しく生きられたのかね……」

気配もなく後ろから声を掛けられてビクッとする。

「どうでしょう。これから、だったんじゃないですかね」

「これから、だよなあ……」

南元《みなもと》が横に立ってこちらに目を向けたのがわかった。だけど伊崎《いざき》はそちらを見ることができなかった。事件だけに興味がある、そんな顔をしてホワイトボードを見つめる。

「犯人は女でしょうか」

「今んとこ、その線が濃厚だな。女をはべらせてりゃ、女に殺される確率は上がるさ。ま、

女を取られた男って線も捨てきれないが」

南元の視線が前を向いた。同じ方向を向いているのに、南元の目は自分よりももっと遠くを見ている——そんな気がする。

その奥行きの違いは、年齢なのか経験によるものなのか。それとももっと別のなにかなのか……。

南元は時々ひどく不安定な顔をすることがあった。しかしそれはすぐに跡形《あとかた》もなく消え去って、見間違いだったのかと思う。南元もなにか抱えているものがあるのかもしれない。だけどそこは自分が踏み込むべきところではない。

いつの間にかじっと南元を見つめていて、南元の視線がこちらに戻ってきて目が合った。

「どうした？」

笑顔で問われて視線をさまよわせる。

「殺されないでくださいよ、女をはべらせてる人」

冗談ではぐらかした。南元のことをもっと知りたい、教えてほしいという欲求は、満たすべきではない。

「今はその心配はねえよ」

南元は小さく笑って言った。

今は？　今の彼女にそんな情熱的な人はいないということなのか。

その時、会議室に大きな声が響いた。

「おい、犯人を名乗る女が出頭してきたぞ！」


「きみに殺されたいっていつもレイジに言われてたの。だから殺してあげたのよ」

「そんなのはリップサービスだろ？　ホストなんだから」

取り調べは南元が行うことになり、伊崎は書記としてサブデスクについてパソコンを開く。

簡素な取調室に派手な化粧と服装の女はまったく似合わなかった。

胸元の開いた真っ赤なワンピースを着て、その短いスカートから伸びる細い脚を何度も組み替える。椅子の背にもたれかかり、腕を組んで指で自分の二の腕を忙《せわ》しなく叩《たた》く。

落ち着きがないのは人を殺した後なら当然のことかもしれないが、後悔や悲愴感《ひそうかん》といったものがまるで感じられない。ただひたすら苛々《いらいら》している。

女の名は佐藤絵麗奈《さとうえれな》、年齢は二十七。父親の会社で事務員として働いているが、給料より小遣いの方が多いらしい。そのほとんどを殺されたレイジに貢《みつ》いでいたという。

「絵麗奈のことは客だと思ってないって言ってたもの。なのに、店をやめるからさよならっておかしいでしょう⁉　私がいくら貢いだと思ってるの⁉　レイジは私のものなの！」

「へえ、レイジくんはホストをやめる気だったんだ?」

「そうよ。じゃあ個人的に付き合えるわねって言ったら……」

「お断りされたわけだ?」

「断る権利なんてないのよ。私のお金で他の女と暮らすなんて、そんなの絶対許さない」

「他の女と暮らすって言われたのか?」

「言われてないけど、たぶんそうよ。そう感じたの!」

「女の勘ってやつか? まあもしそうだったとしても、ホストをやめてから女と暮らすんなら、レイジは誠実な奴《やつ》じゃないか。ホストは彼の仕事で、貢いだのはあんたの意思だ。それとも、無理矢理巻き上げられたのか? 結婚してやるとでも言われた?」

南元はひどく投げやりだった。男女を問わず自分勝手な言い分を堂々と展開する人間が嫌いなのだ。この取調室に来る人間の半分くらいがそうなので、つまり南元は取り調べが嫌いなのだが、そのやる気のなさと不機嫌がいい方に作用して、いつの間にか自白させる。完落ち率が高いものだから、また取り調べを任されるという、南元にとっては悪循環。

「だから、絵麗奈になら殺されてもいいって言われたの! 結婚してくれないなら……他の女に渡すくらいなら、殺してやるって思ったのよ」

「そんなのよもや行使されるとは思ってなかっただろうなあ」

「私はそうしちゃうくらい愛してたの! 半端《はんぱ》な愛し方じゃなかったんだから」

「愛ねえ……。愛の形は人それぞれだって、それに関しちゃ俺は寛容な方だけど、殺すのだけはねえわ。独り占めできなくても、生きてりゃいいだろ？　死んだらもう二度と会えないんだぜ。どんなに会いたくても、永遠に」

南元の言葉が急に重くなった。諭《さと》したいというより、苛立ちを抑えつけてその答えを本気で求めているような切実な響き。不審に思って南元に目を向けたが、斜め後ろからではその表情は窺《うかが》えなかった。

「しょうがないじゃない。私を選ばなかったレイジが悪いのよ。私はこんなに好きなのに！」

興奮している女は南元の言葉の響きなどまったく気にする様子もなく、自分勝手な言い分を繰り返すだけ。そもそも人の話なんて聞かないタイプなのだろう。すべて自分に都合よく解釈し、自分中心に世界が回ると信じている。

南元は深々と溜息《ためいき》をつくと、一応正面に向けていた身体《からだ》を斜めにして、背もたれに肘《ひじ》をかけ、足を組んだ。どうやらまともに話を聞く気がなくなったらしい。

「で？　なんで出頭してきたんだ？　一度は逃げたんだろう？」

「気が動転してたのよ。私だって最初から殺そうと思ってたんじゃないもの。でも、家に帰って思ったの。私が殺したって言わなくちゃって」

「逃げ回られるよりこっちは楽でいいけど、反省してそう思ったわけじゃないよな？」

「自慢したかったのよ、その女に。レイジは私が殺した。彼の最期《さいご》は私のものだって」

「は？　……マジわかんねえ……」

南元が吐《は》き捨てた言葉に大いに同調する。本当にわけがわからない。それはなんの対抗意識なのか。そのために自首するなんてありなのか。

「だってレイジは私の顔を見ながら死んでいったのよ。最期に思ったのは私のことだわ」

自己陶酔《とうすい》の表情にやりきれなさが募る。記録を取るのも馬鹿《ばか》らしい気分になったが、そのまま記録する。こんなことで実際に人がひとり死んでしまったのだ。

「本当にそう思うか？　俺はあんたのことなんて考えなかったと思うけどなあ」

「憎いって思ったに決まってるじゃない。恨《うら》まれたっていいの。私のことを考えながら死んだんならそれでいいの」

「そりゃ思っただろうな。なんでこんな女に、殺していいなんて言っちまったんだろうって。でも最期はたぶん、愛《いと》しい女の顔を思い浮かべて逝《い》ったと思うぜ」

南元はそう言って、同意を得るためなのか、チラッと伊崎の方を見た。伊崎は大いにうなずいてみせた。絶対そうだ。そうであってほしい。

「そ、そんなはずないわよ、そんなはず……」

女は絶句して、南元の顔を睨《にら》みつけた。

「じゃあ、これより裏付けを取りまーす。凶器はなんですか？」

南元はいよいよ投げやりになったが、注意する気にもならなかった。

「あそこにあったガラスのヘビがぐるぐる巻き付いたみたいな置物よ。なんか気持ち悪い、趣味の悪いの。きっとあれは女の趣味よ」

「ヘビ？　ふーん。それをどう持ってどんなふうに、何回殴《なぐ》りましたか？」

「そんなの覚えてないわよ。こう摑《つか》んでガツンって」

「一回？」

「一回よ」

その答えに伊崎の手が止まる。南元も身体《からだ》を少し乗り出した。

「本当に一回？」

「なによ、そんなの覚えてないって言ってるでしょ。一回だと思ったけど、無意識に何回か殴ったかもしれないわ。むかついたから」

「重要なんだよ、ちゃんと思い出せ。人を殺しといて覚えてないなんて通らねえんだよ。むかついたからぶん殴ったなんて、ガキみたいな言い訳を堂々としてんじゃねえ！」

南元の鋭い恫喝《どうかつ》に女は真っ青になった。それでも睨み続けるのはプライドの高さ故《ゆえ》だろう。

「なによ、もういいでしょう⁉　私が殺したって言ってるんだから！」

「あんたの口からは一度も被害者の気持ちを思いやった言葉が出てきてない。自分のことばっかりだ。そんな女、誰も好きにならねえよ」

「な、なんですって⁉」

「人を思いやりすぎて自分を蔑《ないがし》ろにするのもどうかと思うが、その方が少なくとも護《まも》ってやろうって気持ちにはなる。まあ、せいぜい自分を思いやってひとりで強く生きていけばいい。頑張れよ」

南元は至極投げやりなエールを送った。

女は「もうあんたになんてなにも喋《しゃべ》らない！」と逆上したが、南元は平然としている。

「そりゃ助かる。じゃあ容疑が確定し次第、逮捕《たいほ》して送検するから、それまでブタ箱でゆっくりお休みください」

「ブタば……」

それを聞いて初めて女は後悔らしき感情を見せた。本当に自分のことしか考えていない。

留置場へと女を連行しながら伊崎はやりきれない気持ちになっていた。

愛してくれないから殺す。他の人のものになってしまうのが耐えられないから殺す。そんな理由で人を殺してしまう人間を実際に見たのは初めてだ。

プライドを傷つけられると、同じかそれ以上のことを仕返さないと気が済まないという奴は確かにいた。耐える、許すということを子供の頃にしてこなかった人間にその傾向が強い。この女もきっと甘やかされて育ったのだろう。

犯罪の大半は自分可愛《かわい》さのなせる業《わざ》だ。エゴを育てるとろくなことにならない。

「ホストの言葉でも、心を開けるのはきみだけだって言われて嬉《うれ》しかったの。そんなこと言われたことなくて……信じてたのに」

留置場の手前で女はボソッとそう言った。

気の毒だとは思うが、殺害に至るのに妥当《だとう》な理由だとは到底思えない。

「やむを得ぬ事情なんてのは、そうそうあるもんじゃねえよ」

同情を得られず女はまた南元を睨んだが、南元は視線も向けなかった。

南元は犯罪者には厳しい。特に反省の色のない相手には、普段の温厚さが嘘《うそ》のように冷淡になる。だから伊崎は絶対、反省のない犯罪者にだけはならない自信がある。

あんなふうに南元に接されたら死にたくなるだろう。

聴取した内容を元に、事件の概要を上司に報告する。事情聴取の様子は見られていたはずだが、だからといって省略するわけにはいかない。鑑識《かんしき》からも判明分の報告が上がってきた。ガラスの置物は砕《くだ》けていたが、破片から採取した指紋《しもん》は女の指紋と一致した。それでほぼ犯人は確定した空気が流れる。しかしそれだけで送検してしまうわけにはいかない。

通常通り捜査を行い、証拠や証言を揃《そろ》え、裁判でたとえ自供が翻《ひるがえ》されたとしても影響がないよう万全を期す。

とはいえ、容疑者を特定するという一番困難な作業が省かれれば、捜査時間は自然短縮されることになる。

女から「あんたにはもうなにも喋らない」と言われた南元は聴取官を解任され、伊崎と共に職場のホストクラブに聞き込みに行くことになった。

「いい身体してますねえ、刑事さん。男前だし。うちで働きませんか？　そっちの細い刑事さんも」

マネージャーだという男にいきなりスカウトされた。

しかし、細いという一言に伊崎はムッとする。南元と一緒にいればしょうがないとわかっているが、自分より華奢《きゃしゃ》で鍛《きた》えてもいないような男に言われるとなにか言い返したくなる。

南元は伊崎の内心を見抜いたようにクスッと笑い、「警察をクビになったらお願いしますよ」と返した。

ホストクラブの同僚なんて、みんな競争相手、いわば敵だ。派閥《はばつ》などもあるようだが、売れっ子だった被害者は一匹狼《おおかみ》気質だったようで、あまりよく言う者はいなかった。

「あいつは金持ってる女と持ってない女への扱いが露骨《ろこつ》に違ってて。太い客には媚《こ》び媚《こ》びですっげー感じ悪いんだよ」

「太い客？」

「金払いのいい客のことですよ。絵麗奈さんなんて、あいつにいくら貢いでたか。一週間くらい前にあいつのバースデーウイークやったんだけど、一週間に二、三回来て、二、三百万落としていったっけ。そんでふられたら、殺したくもなるよなあ」

容疑者に同情的な者もいたが、客としての評判はあまりよくなかった。

「ヘルプにつくと、すっげー見下されるの。レイジは王子で、自分は姫《ひめ》で、あとはみんな奴《ど》隷《れい》みたいな。ハルキとかよくやられてたよなあ」

「あいつおとなしいし。レイジのヘルプはたいがいハルキだったからな」

「そのハルキさんはどちらに？」

「休んでるよ。昨日も休み取ってて、レイジが殺されたってメールで教えてやったんだけど、それから具合が悪いって言って今日も来てない。優しい奴だからショック受けてるのかも。でも、レイジと喋ってるところは見たことないし、絵麗奈さんと一緒になって馬鹿にしたりしてたから、レイジのことは嫌いだったと思うんだけどなあ」

「じゃあ後で聞き込みがてら様子を見てきますよ」

始業前に店にいた従業員全員に聞き込みを行ったが、特に仲のよい同僚もなく、プライベートを知る者はいなかった。やめることも誰も知らなかったようで、ましてや彼女のことなんて、訊《き》いても鼻で笑われる始末だった。

「彼女なんて、いても言うわけないだろ」

確かに周りがすべて敵なら自分に不利になることを晒《さら》すわけがない。

レイジとは仲がよくなかったらしいハルキから有益な情報が取れるとは思えなかったが、よく二人のテーブルについていたようだし、一応話は聞かなくてはならない。

ギラギラした店を出て、ネオンが瞬《またた》きはじめた道を歩いてハルキの住むアパートに向かう。

「あ、俺飲み物とか買ってきます。ひとり暮らしで具合が悪いの大変だし」

コンビニに寄って、スポーツ飲料やおにぎりを買い込んだ。

「おまえってツンケンしてるわりに世話好きだよなあ」

「ああ……昔、お節介がウザいって言われたことあります。これもお節介ですかね……」

嫌なことを思い出して、手にした袋を持て余す。

「なんで？　いいんじゃねえの。それは純粋な思いやりだろう。人を思いやりすぎて自分を蔑ろにするのはやめた方がいいと思うけどな」

「それって……」

どこかで聞いた気がする言葉。どこで聞いたのか思い出そうとしていると、南元に肩を抱かれた。

「自分のしたいようにすればいいさ。お節介上等。おまえが自分を疎《おろそ》かにするなら、俺が護ってやるよ」

「は？　……なに格好つけてるんですか、それこそいらないお節介です」

またツンケンと言い返して、南元の手からできるだけ遠く逃れる。

「照れんなって」

「照れてません」

「首筋真っ赤だけど？」

「ネオンの反射です」

ハルキの家はネオン街の外れにあった。あまり売れっ子ではないと聞いていた通り、かなり庶民的なアパートだった。ドアを何度かノックすると、しばらくしてやつれた顔の男が出てきた。

「お加減の悪いところすみません。三ヶ森署《さんがもりしょ》の伊崎と申します。あ、これ、差し入れです。よかったらどうぞ」

「ああ……ありがとう、ございます」

受け取ってもらったところで用件を切り出す。

「レイジさんについて少しお話を聞かせていただいていいですか？」

「……はい」

ハルキは見るからに具合が悪そうだった。色白でひょろっとしているのは元からなのだろうが、目の下にクマができている。顔立ちはわりと可愛らしいのだが、今は不健康という印象の方が勝っている。

「では、手短に。レイジさんと佐藤絵麗奈がもめていた様子など見てませんか？」

「いえ。見てません」

「レイジさんに彼女がいるという話を聞いたことはありますか？　もしくは見かけたことがある、とか」

「いえ。彼女なんて……いないと思うけど」

それが癖《くせ》なのか、手を組んでもじもじしている。

「なぜ、そう思うんですか？」

「なぜって……ホストだし」

「レイジさんとは特に仲よくはなかったんですよね？」

念のために聞いてみれば、変な間が空いて「そうですね……そうです」と答えがあった。

「では、昨日の午後六時から八時頃までどこにいらっしゃいましたか？」

「家で寝てました」

予想通りの返事で、もちろん証明してくれる人もいないという。

もういいですか、と迷惑そうに言われれば、しつこく食い下がることもできない。

「ご協力ありがとうございました」

頭を下げた伊崎の前でドアが閉められる。目の前できれいな緑がキラッと光った。それは指輪の石の色だった。もじもじと組んでいた手の、下になって見えなかった左手の中指。

ガシャンとドアが閉まって即座に鍵《かぎ》をかけられた。

「さっきの変な間はなんだろうな」

「なんでしょう。具合が悪くて反応が鈍かっただけかも」

「でも、具合が悪いって服装でもなかったぞ。どっかに出かけてた感じだ」

「確かに。でも、コンビニとか行ったのかもしれないですよ。ひとりだと自分で行かなきゃならないし」

「おまえが具合悪い時は俺に言えよ？　買い物から下《しも》の世話までしてやるから」

南元はニヤニヤ笑いながら言った。

「けっこうですよ、変態セクハラおじさん」

ハルキの態度には多少の引っかかりを覚えたが、レイジとの間になにか個人的なわだかまりがあったのかもしれない、というくらいにしか考えなかった。

駐車場《ちゅうしゃじょう》に戻って車に乗り込み、署へ走り出す。運転は伊崎だ。

「あー、俺もコンビニでなんか買えばよかった。なんか甘いもんが食いてえなあ」

「甘いもの、好きなんですか？」

意外に思って訊《たず》ねる。南元と甘いものはあまり結びつかないが、そういえばあんパンは美味《おい》しそうに食べていた。

「よく食べるわけじゃないが、時々無性《むしょう》に食べたくなる」

その言い回しをどこかで聞いたな……と思って、ザキは別腹、と言われたことを思い出した。時々無性に食べたくなると言われて、少し嬉《うれ》しかった。自分は主食じゃなくてもいいと、あの時は確かに思った。

「あの、じゃあこれ……食べます？」

伊崎は上着のポケットから小さなアルミのケースを取り出した。タブレットケースより二回りくらい大きい、ポケットにぴったり収まる薄型サイズ。その蓋《ふた》を開けて南元に差し出す。

「なんだこれ、クッキーか。おまえこんなのいつも持ち歩いてんの？」

薄いクッキーがケースの中に整然と並んでいる。ケースの大きさに合わせて作ったから、スペースに無駄がない。

「さっきのコンビニで買いました」

なんとなく嘘をついた。

「コンビニで？　お、これめっちゃうめえなあ」

南元は一枚食べてから、次々に手を出して五枚ほどぺろりと平らげる。

それがとても嬉しかった。南元が自分の作ったクッキーを食べて、美味しいと言った。それだけのことで胸が熱くなる。

「なあ、これ売ってるやつじゃねえだろ。もらいもんか？　やっぱりおまえもてるじゃん」

南元の頭の中が古いのか、単に伊崎が男らしくないのか。今の時代、男も料理すると言ったばかりなのに、菓子だとまた前時代的な思考に戻るらしい。手作りの菓子は女子からもらうものだという価値観はそう簡単に突《つ》き崩せそうにない。崩す必要もない気はするが。

「おかげさまで」

そう流してケースをポケットにしまう。

「そういうの作ってくれる彼女っていいよなあ」

南元のなにげない一言にドキドキする。いやいや自分は彼女じゃないし女じゃないし、と自分に言い聞かせる。

「ホストの彼女ってどんな心境なんでしょうね。仕事だからって割り切れるものなんでしょうか」

話を強引に仕事のことに戻した。

「さあな。でも好きなら割り切るしかないんじゃないか。俳優の恋人にキスシーンはしないで、とか言えないだろ。刑事の旦那《だんな》に、危ないことはしないでって言っても無理だし」

確かにその通り。割り切るというより、我慢するのだろう。自分ならそうする……と考えて、すっかり思考が女よりになっていることに辟易《へきえき》する。

菓子なんか作ってるから考え方が乙女《おとめ》になるのだ、と言われても、今は反論できない。

「でも、ホストはちょっと違わないですか？　女の気を引くのが仕事なわけで、恋愛と仕事の境目が曖昧《あいまい》っていうか……。男からしたら、本命の彼女がいて、仕事でも女をはべらせてって、気分がいいのかもしれないけど。……俺は昔っから不思議だったんですよね。たいして好きでもない女をはべらせてなにが楽しいのか」

考え方が男側に戻らない。そもそも基本的に思考回路が女側なのかもしれない。

「おまえ、なんか怒ってない？」

「いえ別に」

怒ってはいないがモヤモヤしている。

「言っておくが、俺は好きでもない女をはべらせてるわけじゃねえぞ」

「そうでしょうとも、わかってます。南元さんはみーんな好きなんですよね」

「わあ、なんかすっごいトゲトゲ。みんな好きってそんなに駄目か？」

「駄目ではないです。ただ世間ではそういう男をロクデナシと呼びます」

「ロクデナシ上等。おまえも独りで寂《さび》しければ俺んとこに来いよ。楽しくやろうぜ」

横から伸びてきた手が戯《たわむ》れに耳を摑む。裏側を指でなぞられてゾクッとしてしまい、慌てて払いのけた。

「俺はそういう、みんなで仲良くとか面倒くさいんで。独りの方が楽しいです」

「世間ではそういうの、強がりって呼ぶんだぜ？」

「強がり上等。俺は独りで強く生きていきます」

冗談めかしたやり取りだったが、伊崎としてはわりと本音だった。寂しさとはきっとうまく付き合っていける。南元のたくさんの中のひとりになるより、独りの方がずっと心安らかにいられるはずだ。

ちらっと横に目をやれば、南元は前を向いていた。口元にはいつものように笑みが浮かんでいたが、その横顔はなんだかとても寂しそうに見えた。

南元には「たくさん」が必要なのかもしれない。寂しい女性たちを救済するようなことを言いながら、一番の寂しがりは南元なのかもしれなかった。


署に戻ると各方面の聞き込み結果が出ていた。

近隣への聞き込みでは、被害者宅への女性の出入りは確認されなかった。ただ当日に関しては、隣の部屋の住人が、女と口論する声を聞いている。

「内容までは聞き取れなかったがすごくヒステリックな声だったので女で間違いないそうだ。五分ほど言い合いが続き、文句を言おうかと考えていると急に静かになり、出て行く音がした、とのこと。時刻が午後六時五十分頃」

時間的にも容疑者の供述《きょうじゅつ》と一致している。

「すみませーん、出て行く音って具体的にどんな音ですか？」

南元が聞き込みを行った先輩の刑事に訊ねる。

「はあ？　具体的って……出て行く音は、出て行く音だろ」

「あー、はい。聞いてないんですね、了解」

南元はあっさり引き下がったが、なんともいえぬ空気が残る。

普段はわりと気配りの人なのに、事件のことを考えている時の南元は周囲への気遣いとか空気を読むとかいうことが疎かになる。捜査が優先順位の一番上に来て、自分の立場などはどうでもよくなるようだ。

だから普段の南元を知らない、捜査本部が立った時にしか顔を合わせない指揮官などには特に評判が悪い。高木もそのうちのひとり。

今回は捜査本部が立たなかったので気心の知れた捜査員ばかりだった。南元の態度に目くじらを立てる者はないが、追及された捜査員は渋い顔をしている。

その後の取り調べでも容疑者は、自分がいかにレイジを愛していたか切々と語ったらしい。裏切り者には死を。私の顔を見て死ねた彼は幸せ。死ぬ間際に私の愛を受け取ってくれたの。等々、独りよがりの自己陶酔ワードが供述調書に並んでいて、伊崎は書記を解任されていてよかったとしみじみ思った。

引き金となったのは「客は女じゃなく金にしか見えてなかった」というレイジの言葉。衝動的に手近にあったガラスの置物を両手で摑み、思いっきり殴った。レイジが倒れて動かなくなり怖くなって逃走。一度家に帰り、その後自首した。

その供述内容と捜査結果に明確な矛盾点《むじゅんてん》は出てこなかった。ただ肝心《かんじん》の供述が精度に欠けていて、深く訊こうとすると「そんなの覚えてない」「私がやったって言ってるでしょ！」と、ヒステリーを起こしてあやふやになる。

そんな感じだから、被害者に彼女がいたという話も容疑者の妄想《もうそう》なんじゃないかという線が濃厚になった。被害者の家に女の形跡はなく、携帯電話なども調べたが、わかったのはレイジがマメな男だったということ。電話もメールもまんべんなく、メールの内容もどれが特別なのか判別がつき難《にく》い。すべて本気のようにも見えるというホストの鏡。逆に男友達へのメールはすごく素《そ》っ気《け》なかった。

女の自供の裏付けが取れた時点で逮捕し、勾留《こうりゅう》期限ギリギリまで証拠固めを行って、特段の問題もなく送検の運びとなった。

「明日の朝、送検する。今日はもう当番以外、家に帰っていいぞ！」

課長の言葉を聞いて、みなホッと息をついた。今回のヤマは楽だったな、などと感想を漏《も》らしながら帰途につく。

「でもなんか、すっきりしないんですよね……」

勾留延長を申し出るほどのなにかがあるわけではない。なぜすっきりしないのかもよくわからない。

「よし、じゃあそのモヤモヤは俺が解消してやろう。行くぞー、ザキ」

南元が肩《かた》を組んでくる。ごく自然に、労をねぎらうがごとく。しかしその手はがっちり肩を摑んでいて、離れようとしたら引き寄せられた。

「行くって、どこにですか？」

「一応これで事件解決ってことなんだから、打ち上げするだろ？」

顔が近づいてきて甘く囁《ささや》かれる。

「打ち上げって、酒ですか、飯ですか」

「おいおい、ザキちゃんよう。なーにバックレてんの？」

「別に、バックレてるわけじゃ……」

「彼女たちの相手をしてください、はナシだぞ。今日はもうおまえ一択だから」

「なんでですか。まさか本当に男にはまったわけじゃ……」

「その心配はねぇよ。おまえ以外の男なんて触る気にもならない。俺がはまってるとしたら、おまえに、だな」

さらりと言って、ニッと笑う女ったらし。ホストにでもなればよかったのだ。

遊び相手の言葉にドキドキしてしまうのは、仕事なのだとわかっていてもときめいてしまうホストの客と同じかもしれない。不毛だ。

「なに馬鹿なこと言ってるんですか」

ドキドキを隠して、冷めたふりで言い返す。

「俺は馬鹿だけど、嘘は言わない。節操なしだが誠実だ」

肩を抱く手はもはや拘束《こうそく》するような力具合で、ずるずると出口へ連行される。

南元の言い分は矛盾しているようでいて、成り立っている。しかし、節操なしで誠実なんて、そんなのはただ罪作りなだけ。

これ以上抱かれたら、本当にヤバい気がする。みんなの南元を独り占めしたくなりそうで、でもそれは誰も幸せになれない道だ。

「お！　おまえら飲み行くのかー？　じゃあ俺も……」

肩を組んで出て行こうとする二人を見て、同僚刑事が声を掛けてきた。伊崎は正直、助かった、と思ったのだが。

「すんません、安井さん。今日はちょっと込み入った話をするんで。早く帰れる日は帰っておかないと、ある日突然離婚届、なんてことになっちゃいますよ？」

「てめえ、怖ぇこと言うなよな。でも、帰るわ……」

南元の爽《さわ》やかな脅しに、安井はシュンとして帰っていった。

「あ、安井さん……」

思わず呼び止めようと足を踏み出せば、肩をグイッと引き戻された。

「逃げんなよ」

「に、逃げてません！」

まるで売り言葉に買い言葉。反射的に言い返してしまった。

「じゃあうちに行くか」

「え？」

「おまえ、寮住まいだろう？　さすがに官舎でやるのはなあ」

そんな良識があったのかと感心しかけたところで、

「声出させたいし」

正反対の下品な言葉が聞こえて眉根《まゆね》を寄せる。そしてその下品にドキドキしてしまう自分も同じ穴の狢《むじな》なのだろう。

「南元さんって、そんないいところに住んでるんですか？」

はぐらかすように嫌味っぽく問いかければ、

「普通のマンションだ」

と南元は答えたのだけど——。

「これって普通ですか……？」

署から歩いて五分ほど。マンションのエントランスに足を踏み入れたところで、伊崎は思わず呟《つぶや》いていた。

「普通だろ」

どうやら南元の普通と自分の普通にはかなりの隔たりがあるらしい。

なにかと食い違うと思っていたが、基本の部分が違うのだ、きっと。

広いロビーを抜け、オートロックを解除すると、背の高いガラスの扉《とびら》が開く。ピカピカの床石に敷かれた黒い絨毯《じゅうたん》を進み、二基あるエレベーターのひとつで十二階まで上がった。

黒い重厚な玄関扉。中に入れば広い玄関スペース。独身寮の玄関の四倍、いやもっとあるだろうか。伊崎は自分がどんどん気後《きおく》れしていくのを感じていた。

独身刑事の住居だとは思えない。スーツを着ない南元の服に高級感を覚えたことはなかったのだが、あのワークパンツはいくらするのだろう。

「広い……ですね」

「でも間取りは1LDKだぞ。寝に帰るだけだからな」

「ああ、間取りは一緒ですね……」

共通点を見つけて少し安堵《あんど》……できるわけがない。違う。こんなのはうちと同じ1LDKじゃない。同じ表記をしていいわけがない。不動産屋で1LDKをとお願いしてこの部屋を紹介されたら、怒りすら覚えるだろう。

寝に帰るだけなら六畳一間《ろくじょうひとま》で充分だ。通されたリビングだけでもその倍の広さがあった。ドアを開け放ったままの寝室も目に入ったが、大きなベッドの周りにはまだ余白がある。窓も大きく、カーテンは完全に特注サイズ。

南元はいったい何者なのか。実はお金持ちのボンボンとか、株で一儲《ひともう》けしたとか。これまで抱いていた叩き上げの傭兵《ようへい》的なイメージに、王子様の道楽みたいな要素が加わる。

それは伊崎にとってあまりいい印象ではない。南元にはもっと泥《どろ》くさくあってほしかった。

しかし、雑然とした室内には少なからず共感を覚える。部屋が広いせいか、物が少ないせいか、それほど散らかっている印象はないのだが、リビングで缶ビールを飲んで、ベッドで寝て、起きて、仕事に行く。その動線の部分だけが散らかっていた。

　事件が一度発生すれば、署に何日も泊まり込んで、寝に帰ることすらままならなくなる。官舎の安い家賃ですらもったいないと思うことがあるのに、ここは無駄が多すぎる。

「掃除とかしてもらわないんですか？」

　複数の彼女が一堂に会すことがあるのなら、この部屋にも存在意義があるというものだ。

「あー、ここには長いこと人入れてないなあ。だいたい俺が行くか、ホテルだから」

「じゃあ今日もホテルでよかったのに。俺、半分出しますよ」

　言ってから、こんな部屋に住める男に言うことでもなかったと少し恥《は》ずかしくなる。そもそも今までだってホテルの支払いは全部南元が済ませていた。

　リビングの入り口に突っ立って、ここから帰る口実を考えていた伊崎の首に、南元の太い腕が巻き付いた。ヘッドロックをかけられた状態で、リビングの中央へと連行される。

「ちょ、ちょっ……」

　大きなソファに座らされ、その腕から首を抜こうとしたのだが、そのまま抱き寄せられた。

「おまえがすぐ逃げようとするから、強引に俺のテリトリーに入れとかなくちゃいけないような気になるんだろ。ていうか、まあ……おまえなら部屋に入れても気ぃ遣う必要もないしな」

「逃げてないし。南元さんでも女性には気を遣うんですね！」

テリトリーの中。逃がさない。そんな単語が頭の中でチカチカして、南元の腕の中にいるのが嬉しくて、調子に乗る鼓動を落ち着かせるのに必死になる。無理に平然を装えば、どうしても言い方がツンケンしてしまう。

「なんていうか、女は探るだろう？　他の女の気配とか。で、マーキングしようとする。そういうのが可愛いっちゃ可愛いけど、なんか面倒くさい」

「じゃあ何人も付き合わなければいいんじゃないですか」

たとえ付き合っているのがひとりでも、女性はそういうことをしたがるだろう。南元のようにもてる男が相手なら、特に。

「ひとりじゃ寂しいだろ」

「いや、普通はひとりなんですよ」

ここまでは何度も繰り返したいつものやり取り。

「そうだけどな。うちは俺が小さい頃からそんな感じの家だったんだよ。女がいっぱいいて。ひとりじゃないのが普通になっちまった。ガキの頃の家庭環境って大事だよなあ」

そんな話は初めて聞いた。

普段はあまり自分のことを話す人じゃない。特に警察官になる前のことはまったく聞いたことがなかった。南元が扉を開けてくれた気がして嬉しくなった。

相棒だから話してくれたのだろうか。それとも自分の家だから気が緩んだのか。いや理由なんてなんでもいい。南元のことをもっと知りたい。他の人が知らないことを、自分だけが知りたい。

気持ちに押されるまま口を開きかけ、南元の顔を見て止まる。

聞いてどうする？　知れば知るほど惹《ひ》かれるのに。開かれた扉の中に足を踏み込んだら、そこにはきっと他の女たちがいて、和気藹々《わきあいあい》とやっているその秩序《ちつじょ》を乱したくなってしまうかもしれない。遊び相手の枠を踏み越えてはいけない。

「シャワー借りていいですか？　それとも先に浴びますか？」

南元が開いてくれた扉には気づかないふりをした。ただの相棒なら踏み込めた。遊び相手なんかになってしまったから、踏み込めない。

南元の返事を待たずに立ち上がろうとしたら、腕を摑まれて引き戻された。

「ザキ……なんで逃げる？」

膝《ひざ》を突き合わせ、間近に目を覗き込まれる。まるで尋問だ。

「だから逃げてませんって。さっさとやろうって言ってるんです。そっちこそ、なんでそんなに捕まえたがるんですか」

「んー、刑事だから？」

「ざっけんな」

真面目《まじめ》に訊いたのにふざけた答えを返されてムッとした。

「ふざけてねえよ。逃げられると追いたくなるのは刑事の性《さが》だろ？　……でもまあ、おまえに関しては俺もよくわからない。おまえはなんかウナギみたいだからさー」

「う、ウナギ？」

可愛いものに喩《たと》えてもらおうとは思わないが、それはあまりにもひどくないだろうか。

「捕まえたと思ってもスルッと逃げていくだろ。俺は、抱いた相手は懐《ふところ》に入れたいんだ」

「じゃあウナギでいいです。俺は遊び相手ですから、懐になんて入りません」

「えー。でもこう、スルスル逃げられると捕まえたくなって、なんかソワソワするんだよ。落ち着かない。……あ、じゃあおまえ、俺の彼女になれよ」

その顔は「いいこと思いついた！」といわんばかりで、伊崎は顔を引きつらせた。

「なに馬鹿なこと言ってるんですか。俺は女じゃないし、あなたのたくさんの中のひとりになる気もありません」

きっぱり断言する。

「おまえだけ、だったらいいのか？」

「無理ですよ、南元さんには」

「そうか？　うーん、そうかもなあ……」

そこで納得してしまうのが南元の南元たる所以《ゆえん》だろう。良くも悪くも正直。浮気性は死ななきゃ直らないらしいが、南元のはもっと質《たち》が悪い。

浮気じゃない、みんな本気だ――なんて、真顔で言ってしまえるのだから。しかも今わかったのは、それなりに所有欲があるらしいということ。

手を出したら責任を取る、ということなのか。手を出したからには俺のもの、なのか。

おまえだけにする、なんて言われたらどうしよう……などとドキドキしたのに、そんなことがあるわけなかった。

なにか言われるたびにいちいち昂揚《こうよう》して、落ち込んで、だけど表面上はなんら動揺していない顔をする。それはなかなか疲れるし、面倒くさい。

南元の懐に入ってしまえば楽になれるのだろうか。いや、余計に苦しくなるだけだろう。

「遊びでいいです、俺は」

「それは、おまえに本気の相手ができたら俺とは終わりってことか」

「そりゃそうでしょう」

「そいつには、笑ったり甘えたりするのか？」

「は？　わ、笑うくらいは普通にしますけど……甘える、とかは……したことないし、しませんよ、たぶん。そもそも本気の相手とかできません」

「なんで？」

「俺は独りがいいんです。もういいでしょう。しないなら俺、帰りますよ」

仕事の時でも滅多《めった》に見ない真面目な顔で、本気とか甘えるとか訳のわからないことを訊いてくる。思わず真面目に答えてしまったが、踏み込まないと決めた相手に踏み込まれたくない。扉を開ける気はないのだ。

逃げるように立ち上がれば腕を摑まれた。今度は引き寄せずにじっと見上げてくる。

「独りで、誰も頼らずに、ずっと？」

「男やもめなんていくらでもいるじゃないですか。仕事では頼りにしてますよ、先輩」

茶化して笑ってみせる。これ以上真面目な話を続けたら気持ちが保たない。いつもの飄《ひょう》々《ひょう》と軽い南元に戻ってくれないなら、もう限界だ。

「じゃあ高木《たかぎ》は？　お友達は頼るのか？」

「高木さん？　話を聞いてもらうことはあるけど……頼る気はないです」

なぜここで高木が出てくるのか。いったいなんの対抗意識なのだろう。知りたいけど、それも訊かない。

腕を振り払おうとしたら、さっきよりも強く引かれ、南元の膝の上に乗ってしまう。そのまましっかり腰を抱かれ、逃げられなくなった。

「わかった。……じゃあ、お友達とはしないことをしよう」

頭を引き寄せられ、キスを交わす。膝に抱っこされている体勢には抵抗があったが、キスを拒む気にはならなかった。

これでいいのかと悩む気持ちと、もっと強引にさらってほしいという気持ちが入り乱れ、南元に求められるまま応える。

南元の手がスーツの上着を脱がし、シャツの裾《すそ》をズボンから引っ張り出して、中に入ってくる。背を抱く手とは逆の手が、脇《わき》を撫《な》でて乳首を擦《こす》った。

「ちょっ……あ、シャワーを……」

「汗くさいのも、男って感じでよくないか?」

男の自分を受け入れてくれるのは嬉しいが、男だって汗くさいとは思われたくない。眉を顰《ひそ》めれば、南元は口の端《はし》を上げ、「了解」と立ち上がった。伊崎を腕に抱えたまま。

「な、わっ……」

慌てて首にしがみつく。前にも一瞬抱きかかえられたことはあったが、お姫様抱っこされて歩かれるなんて許容範囲外だ。

「は、離して……下ろしてください」

足取りは揺るぎなく安定している。自分が軽い荷物にでもなったみたいだ。だから怖くはないが、異様に恥ずかしい。

「ザキ、真っ赤だぞ。……おまえはやっぱり面白いな」

ムッとして睨みつければ、南元はなおさら嬉しそうな顔になった。睨みはきく方だったはずなのに、南元には一度としてきいたためしがない。南元の「面白い」は褒《ほ》め言葉だと知っているけど、言われる方は気分が悪い。

「下ろせ」

「はいはい」

ドアの前で下ろされたので、ドアを開いて中に入った。当然のように一緒に入ろうとする南元を突き飛ばしてドアを閉める。

「え、おい⁉」

鍵がないので当然ながらまたすぐにドアは開かれた。入ってこようとする南元の胸に手を突いて、リビングを指さす。

「ハウス！　ちょっと待っててください」

「ハウスって、俺は犬か⁉　一緒に入れば時間短縮。いいだろ？」

「嫌、です！」

伊崎は片足を上げ、南元の硬い腹筋に足の裏を押し当てて、蹴《け》り出した。

「てめ……」
二、三歩後退した南元の目の前でパタンとドアを閉める。しつこく入ってこようとしないのは南元のいいところ。
犬以下の扱いに怒っても当然だが、南元はたぶんこれくらいでは怒らない。それにこれくらいしないと締め出せない。一緒に入るのが恥ずかしいとかそういうことではなく、単に抱き上げられたことへの意趣返しだった。

いろいろと考えるべきことはあるが、今は深く考えないようにしてシャワーを浴びた。身体を隅々《すみずみ》まで洗い、タオルで拭《ふ》いてから、腰《こし》にタオルを巻く。ホテルだと平気だったのに、南元の家だとなぜか妙に恥ずかしい。だけど、恥ずかしがるのも恥ずかしい。

脱いだ服を持ってリビングに戻ろうとした時、携帯電話が鳴った。短いメールの着信音。嫌な予感に眉を顰める。

『その男はきみに相応《ふさわ》しくない』

嫌な予感は当たるのだ。ついに二通目がやってきた。しかももう間違いだとかスパムだとか言っていられない内容だった。

メールには『その男』の写真が添付されていた。

笑顔の大柄な男と、その腕にぶら下がっているかのような小柄な女性のツーショット写真。男は横顔ではっきり南元だとわかった。女性はこちらに背を向けていて顔はわからないが、おそらく若く可愛らしい女性だ。セミロングの髪とミニスカートの裾が揺れて、きっと甘えた表情で南元を見上げているのではないかと推測される。

こんな女性が相手なら、懐に入れたいとか甘えろとか言いたくなるのもわかる。でもそれを自分に言うのはあまりにも見当違いだ。

テンションは急降下。温まった身体まで一気に冷めた気がした。

「なんだよ、この絶妙のタイミング……」

見張られているのだろうか。少なくともこんな写真を撮ったということは、南元の私生活に張り付いていたことがあるということだ。

南元の彼女なんて、今まで伊崎にとっては架空の生物でしかなかった。実際に目にすると、想像よりショックが大きい。

きみに相応しくない。ということは、南元を落として伊崎を持ち上げていることになる。心配しているとでも言うつもりなのか、自らの素性すら明かさずに。

「ざっけんな」

忠告してやろうなんて、いったい何様だ。

見知らぬメールの送り主に苛々が募る。遊びなんだよ、相応しいとか関係ないんだよ、放っとけ！　と言いたい。返信してやろうか。いや、するべきではない。

葛藤《かっとう》してフラストレーションが溜《た》まる。

南元がどんな顔で彼女を見るかなんて知りたくなかった。どんなふうに甘えられているのかなんて。見なかったことにしたいが、すでにしっかり脳裏《のうり》に刻み込まれてしまった。

こんな忠告は意地でも聞き入れたくない。でも、無視して万が一にも南元に危害を加えられたら……。

南元に注意を促した方がいいのかもしれない。いや、この関係を解消すればいい。

答えが出ないまま、リビングに戻った。

「遅い。どこ洗ってたんだよ、先輩を蹴り出して。……蹴るか、普通。俺、可哀想《かわいそう》すぎる」

南元はソファの上でふてくされていた。

なんだか可愛くて困る。こういう顔は仕事の相棒だけでは見られなかっただろう。

この関係を解消したくない。けど、自分のせいで大事な人を危険にさらすのも嫌だ。

「すみませんでした、先輩。どうぞゆっくりシャワーを浴びてきてくだ……って、えっ⁉」

南元がシャワーを浴びている間に考えをまとめようと思っていたのに、また抱え上げられてしまう。今度は肩に。まるで米俵《こめだわら》のように、ひょいっと。

「おしおきとして、汗くさい刑な」

「は⁉」

起き抜けのまま乱れていたベッドの上へと放り投げられる。扱いが荒いのは蹴ったことへの仕返しなのか。

しかし、実は手荒なのも汗くさいのも嫌いではない。なんてことはもちろん言わない。

「俺は犬だからな。匂《にお》いを付けてマーキングするって正しいだろ？」

「な、なに言って……」

覆《おお》い被《かぶ》さってきた南元は、裸の胸と胸をぴったり合わせて自分の匂いを擦りつける。そうされただけでもう、頭の中の憂《うれ》いごとは遠ざかり、目の前の欲に目が眩《くら》む。

もっと擦りつけてほしい……もっと、もっと……。

込み上げる欲求に、考えなきゃ駄目だという声が遠くなる。こんなことしてる場合じゃないのに、南元の腕の中から逃げ出せない。

触れ合う肌《はだ》と肌。抱かれる安心感。

始める時には全裸になっていることが多い南元が、シャワー前だったからなのか、まだ下をはいていた。伊崎が巻いていたタオルはすでになくなっていて、そこにワークパンツの布地が擦れる。それも気持ちいいといえばいいのだが、南元のパンツを脱がすべく伊崎は手を伸ばした。しかし密着しているせいでうまく脱がせられない。

南元の唇《くちびる》は首筋から唇へと移動していき、何度もいろんな角度で軽いキスを繰り返す。唇が触れるだけで離れていくことに焦《じ》れた伊崎が自分から吸い付けば、ご褒美《ほうび》のように舌が与えられた。しかしまたすぐに離れる。

「ザキ、俺が欲しいか？」

間近に視線を合わせ、意地悪な問いかけをしてくる。睨むほどの気力もなく、しかし素直に欲しいと言葉にできるほど酔《よ》えていない。

「ザキ？」

答える代わりに唇を奪った。自分から仕掛ける。

南元は苦笑してそれに応えた。深い口づけ。舌を絡め合えば満たされる。

あっさり欲望に呑《の》み込まれてしまう自分が情けない。メールの文字が、写真が、脳裏に浮かんでは消える。

南元と抱き合うと、それ以外のことに気持ちを割《さ》けなくなってしまう。考えなくてはいけないことが考えられない。拒むべきなのに拒めない。

伊崎にとって、南元と抱き合うことは奇跡なのだ。南元が自分に触れ、キスをして、あまつさえ自分の中に入ってきた。心のどこかでこれは夢じゃないかと未《いま》だに疑っている。

初めての恋は『気持ち悪ぃ』という言葉で終わった。胸を抉《えぐ》られるようだったのに、『ごめん』と謝るしかなかった。その瞬間に、自分が人を好きになるのは、謝罪しなくてはならないようなことなのだと知った。

好意を伝えただけで、十年近く積み重ねたものがあっけなく消えて、自信は粉々に砕け散った。

それまではわりと自信満々に生きていたのだ。言いたいことを言い、したいようにして。顔も運動神経もよく、友達も多かった。剣道で全国を取ったことで、ちょっと天狗《てんぐ》にもなっていたのかもしれない。

それが一瞬でぺしゃんこになって、今も心の底に劣等感《れっとうかん》が染みついている。

人を好きになることに罪悪感を覚えるなんて、南元にはきっと理解できないだろう。犯罪でない限りは己《おのれ》の心の求めに応じる——周囲になにを言われようとそれを貫く南元の強さに憧れた。ロクデナシだと口では言っても、惹かれる気持ちを止められない。

目をぎゅっと閉じて、南元の身体の厚みを、重さを、熱を抱きしめる。深く呼吸するが、汗くささは感じなかった。南元の匂いに包まれるのは、罰《ばっ》になんかならない。

太腿《ふともも》の辺りに感じる南元の熱は未だ布地の向こう。伊崎にできたのは、ファスナーを下ろすところまで。南元はまだ脱ごうとしない。

「おい……その脚の動きは……誘ってんのか？」

楽しげに南元が囁いた。

「そうですよ。さっさと脱いだらどうなんです……あ、んっ」

乳首に噛《か》みつかれてビクッと反応する。

伊崎の太腿から股間《こかん》へと南元の熱き昂《たかぶ》りが移動し、グリグリと擦りつけられる。南元はどうやらそのやり方が気に入ったらしい。男と男を擦り合わせて楽しそうな顔をする。

その顔がとてもいやらしくて、一気に高まる。

「エロい顔……」

「そっちこそ」

こういうやり取りは、軽い遊びという感じがしていい。

馬鹿みたいに頭の中で遊びだ遊びだと繰り返し、南元の手慣れた手練手管に身を任せる。すでに南元には感じるところを知られているから、身体の力を抜くだけですぐに夢中になれる。

胸の先を南元の舌や指で転がされるのがたまらなくいい。

「あ、や、やぁ……」

下も一緒に弄られるとあられもない声が出てしまう。

「あ、あぁ、んっ！」

悩みも迷いも昂りに呑み込ませ、今はすべてを南元に預ける。そうしようとしていたところで、

「こんなに感じやすくて……やっぱりおまえセックス好きだろ？　俺とは事件解決後だけなんて、他の男にもやらせてるのか？」

その言葉に冷や水を浴びせかけられた。溶けかけていた意識は一瞬で覚醒《かくせい》し、カーッと頭に血が上る。

「触んな」

覆い被さっていた南元の身体を強く押し戻した。

「ザキ？」

「すみません、気が変わりました。俺は自分で処理して帰るんで、そっちは誰か他の女の人を呼んでください」

押し殺した声で言ってベッドを降りる。火照《ほて》りはじめていた身体は簡単には収まらないが、

心は簡単に冷めた。

「は⁉　なに、おい、待てよ、ザキ！」

腕を摑まれて振り解《ほど》く。

「シャワー借ります」

「いや、待て。どうした？」

いきなりなにを怒り出したのかと、本気で困惑している南元の顔は初めて見た。それを見たら、言わないつもりの言葉が口からこぼれ落ちていた。

「俺はスキモノで誰にでもやらせるって思ってるんだろ⁉　そう思うんならそれでいいけど、俺は他の男なんて……。独りでも全然平気なんだ。あんたとは違う！」

なぜか涙が込み上げてきて、慌ててさっき出てきたばかりのバスルームへと駆け戻った。そして頭から冷たいシャワーを被る。

水の冷たさに身が引き締まる。火照りも一瞬で冷める。

「馬鹿、無茶すんな！」

追いかけてきた南元は、シャワーをお湯に切り替えた。冷え固まった筋肉が、温かい湯に包まれて弛緩《しかん》していく。

「ザキ……」

後ろから抱きしめられて、嫌々をするように身体を揺らした。振り解きたいけど力が入らない。

「悪かった。そういうつもりで言ったんじゃなくて……おまえに距離を置かれた分、他の男が触ってるのかもしれないって思ったら、どうしようもなくモヤモヤして、八つ当たりした。独りでも平気とか言うなよ」

きつく抱きしめられ、背後から強引に顎《あご》を上げさせられて唇を奪われた。抗《あらが》うが、逃げられない。

この性的指向を自覚して親友を失ってから、ずっと独りなんだろうと諦めて、独りでいいと割り切って、独りで生きる覚悟を決めていた。南元とは最初から遊びだと明言していて、遊ぶ人間が一途《いちず》なわけもなく、南元にしてみればなにを怒っているのか意味不明だっただろう。

自分のことを言いもしないで、自分をわかってほしいなんて勝手すぎる。

冷水を浴びたおかげで頭が冷えて、キレた自分が恥ずかしくなった。カッとなって暴言を吐く癖はなんとか直したい。

「すみません。俺は実際、少し前までは誰とでも寝てたのに、なにを潔癖《けっぺき》ぶっているんだか。最中の戯《ざ》れ言《ごと》にキレるなんて……なんか本当、面倒くさくてすみません」

南元と会うまでは性欲を発散する相手なんて誰でもよかった。偉《えら》そうに「あんたとは違う」なんてことを言えるような人間じゃない。

「言いたいこと言っていいって言っただろ？　面倒くさくてもいいから、内に溜め込むな。おまえはびっくり箱みたいでホント飽きねえよ」

「……すみません」

他に言える言葉がない。南元はもっと怒ってもいいのに、なんで楽しそうな顔をしているのか。

「なあ、もう萎《な》えたか？　その気のない人間を無理に抱くのは主義に反するんだが……俺にも理性で抑えられないことってのがあるらしい」

後ろから熱いものが押し当てられ、首筋を啄《ついば》まれる。前に回った手は胸の上を滑り、下に伸びた手は萎えかけていたものを掴んで扱《しご》きはじめる。

「嫌か？」

「嫌じゃない……みたいです。南元さんがまだする気があるなら、してください」

南元がまだその気でいてくれることが嬉しいくらいで、南元の手に煽《あお》られるまま素直な反応を返す。

「ザキ……」

南元は失言を反省したのか、いつもよりずっと言葉少なに伊崎を抱いた。名前だけを熱く囁かれ続け、それを聞いただけで条件反射で勃《た》ってしまうんじゃないかと危惧《きぐ》する。

バスルームで一度、ベッドに戻ってもう一度。

喋《しゃべ》らない分、動きに力が注がれたのか、気を遣いながらも腰使いは激しく、愛撫《あいぶ》は濃厚でしつこく、いつもよりずっと疲れた。

二人、ぐったりベッドに倒れ伏す。

「まさかおまえ、俺にシャワーを浴びさせたくて逃げたわけじゃねえよな？」

少し掠《かす》れた声で南元が問う。

しばし伊崎はその問いの意味を考え、思い当たってプッと噴き出した。

「マーキング失敗ですね」

最初から汗くささなんて感じていなかったから、シャワーを浴びさせたいなんて思うわけがない。正直、南元の匂いが染みついているこのベッドをお持ち帰りしたいくらいだ。

「やっぱり、笑ってる顔がいいな」

目を細めて言われれば、途端に笑顔が引きつる。

「それと、マーキングはしたぞ、中にな」

ダメ押しにそんなことを言われて、笑顔は完全に消え、渋い顔になる。

「やっぱり下品。そういうことを言うからデリカシーがないって言われるんですよ、おじさん」

「俺は正直なんだよ。大丈夫、おじさんがちゃんと中まで洗ってやるから」

「いりません」

仕事での洞察力《どうさつりょく》の鋭さはプライベートには活《い》かされないらしい。鈍くて助かる。たぶん南元はこちらの気持ちにまったく気づいていない。

南元を本気で好きになってしまったことになんて——。

ずっと逃げてきたけど、もう認めるしかない。この情緒《じょうちょ》不安定は、南元に恋愛感情を抱いているからだ。

罪悪感にまみれて終わった最初の恋とは違う。南元はきっと、じゃあ彼女になればいい、なんてことを軽々しく言うだろう。問題は南元ではなく自分だ。

たくさんの中のひとりで満足できるのか。

悩む伊崎の身体に南元の腕が絡みついて、その胸に引き寄せられる。体温と匂いに包み込まれると、あまりに幸せで泣きたくなった。

きっと南元は誰にでもこういうことをするのだろう。いろんな人に幸せをあげるのだろう。でも、され慣れない伊崎は期待してしまう。自分にだけ特別な感情があるんじゃないかと。

その期待が壊れる時の痛みはもう知ってる。前の恋とは違うとわかっているけど、やっぱり怖くてなにも言えそうにない。

強く抱きしめられても、なにも期待しなければいい。つかの間の幸せに浸《ひた》ればいい。

これからは仕事中もこんな気持ちでいなくてはならないのだろうか。南元に触るなと言っても無駄だということはすでに証明されている。

カモフラージュで仲の悪いふりをするなんて、頭に浮かびもしないだろう。

「南元さん……」

「ん？　ベッドの中では和毅《かずき》でいいぞ？　真悟《しんご》」

優しく髪を弄《もてあそ》ばれるが、すでに伊崎の意識は違うところに飛んでいた。

「ハルキさんって……」

顔を上げてそう言った途端《とたん》、南元がムッとした顔になった。

「ハルキ？　俺はカズキ」

「知ってますよ、そんなこと。あのホストの人の名前です。被害者の同僚の」

「なんだ仕事の話かよ。それがどうした」

「仲が悪いようにカモフラージュしてたってことはないですかね。被害者と仲がいいのがばれないように」

「なんだよ唐突《とうとつ》に……。……なぜそう思った？」

南元は溜息をつき、上体を起こした伊崎を不満そうに見る。

「話を聞きに行った時、あの人ずっと手を組んでもじもじしてたんです。ドアを閉める時、隠れてた方の手が見えて、中指にシルバーの指輪があったんです。

「指輪？　……まさかその指輪って」

南元の表情が切り替わった。スッと目つきが鋭くなる。さすがに察しがいい。甘い顔よりこっちの顔が好きかもしれないと思う。

「似てた気がするんです、被害者がしてた指輪と。被害者のは大きなアメジストがはまってたけど、ハルキさんのは緑の石だった。単に好みの石なのかもしれないけど、互いの誕生石を交換してたんじゃないかって思って」

「誕生石？　ああ、前に買わされたことあるな……。おまえ本当、女子力高いなー」

「女子力⁉　違いますよ、前に仕事で宝石のことを調べたことがあるだけです！　ハルキさんの誕生日はわからないけど、レイジさんはバースデーイベントをやったばっかりって話だったから、五月生まれのエメラルドで合ってるはずです」

伊崎は被害者のデータを確認しようと、いつも胸ポケットに入れている手帳を探してキョロキョロする。スーツの上着はリビングだと思い出し、立ち上がろうとしたら腰に腕が巻きつく。そのまま引き戻され、座った南元の脚の間に座らされた。

「ホスト同士で付き合ってたって？　なーるほど……。まあ、なくはねえよな」

南元は伊崎の首筋に顎を乗せて喋りながら、前に回した手で胸の辺りを撫で回す。

「女好きが男を好きになったか、ゲイが接客業と割り切ってホストをやってたか……。あ、ちょ、やめてください」

いたずらに乳首を弄る手を摑んで止める。

男の恋人が男だという可能性はとても低い。捜査員の誰もそんな疑いは持たなかったし、伊崎だってホストの恋人が男だとは思わなかった。でも、ハルキのことがずっと気になっていた。なにか引っかかっていた。

「あの兄ちゃん、なーんか引っかかってたんだよなあ。恋人ならあのやつれ方もわかるけど。なんで隠したかな」

南元も引っかかっていたと知って心強く思ったが、その疑問には賛同できない。

「そりゃ隠すでしょう。彼女を知らないかって訊いたから、知らないって答えても嘘じゃないし。自分から俺が恋人ですとは言えないですよ」

「女は恋人でもないのに殺す権利があるとか堂々と主張してるのにな」

「そんなもんです」

「そんなもんか？　俺の恋人殺しやがって、ぶっ殺してやる！　とかならねえの？　俺ならぶち切れるね。おまえ殺されたら」

ぎゅっと抱きしめられて、心臓がきゅうっと締め付けられた感じがした。

「俺は恋人じゃないですけど……身近な人を殺されたらそうなるかもしれません。でも、人によるんじゃないですか。ハルキさん、おとなしそうな人だったし」

必死に平静を装いながら言う。殺されたらぶち切れてくれるらしい。それが、嬉しい。伊崎だって南元が殺されたらぶち切れるだろう。犯人を殺してやる、くらいのことは思うし、カッとなったら実行してしまいかねない。

「殺されんなよ、ザキ」

「そっちこそ」

南元が殺されたら自分は犯罪者になってしまうかもしれない。となれば、南元を護るのは自分のためでもある。

誰かを護りたいと思うと力が湧《わ》いてくる。なんでもかかってこい！　みたいな気分になる。それで高校時代は羽目《はめ》を外して失敗したりもしたが、今はちゃんとした護り方も習得し、それを実行する能力もある。

凶悪犯だろうか、南元を独り占めしたい女性だろうが、不審メールの主だろうが、南元に危害を加えようというのであれば容赦《ようしゃ》はしない。

そんなことを南元の腕の中で思っても、あまり説得力はない。体格的には完全に護られている。

「なあザキ、もう一回くらいいいだろ？」

手がまたいやらしげに動く。

「は？　どんだけ絶倫ですか。まさか、だからたくさん女がいるとかそういう……」

「人より強い方かもしれねえが、女の数は関係ない。言っただろう？　おまえにはまってるって」

座ったまま前を擦られると、伊崎もあっさりその気になってしまう。裏側をなぞられて、先程まで南元を受け入れていたところを揉《も》まれれば、身体から力が抜ける。

「あ……んっ」

こっちだってすっかりはまっている。触られたら、遊びだとか恋人だとか、そんなことはどうだってよくなってしまう。

もうあと何回抱き合えるかわからない。終わるのは心が離れるせいばかりではなく、どちらかがこの世からいなくなるという可能性もある。たくさんの死を見てきた南元はきっと、自分よりも強くそれを感じている。

今を、人生を楽しむ。刹那《せつな》的といえば無責任な感じもするが、人は誰も自分の寿命に責任は持てない。

死はある日突然やってくるのだ。あの鍋《なべ》にはビーフシチューが入ったままだった。冷蔵庫にはサラダもあった。高いワインも買ってきて準備万端。自分が死ぬことになるとは少しも思っていなかったはず——。

「あのワイン……ひとりで飲むつもりだったんですかね。箱に入ったままだった……」

「おい、心ここにあらずかよ」

南元が溜息をついて手を止めた。

「朝になったら送検されてしまうので。すみません」

身体が反応しても、心に一度起こった疑問はどんどん膨《ふく》らんでいくばかり。

「しょうがねえな。ま、そろそろ鑑識からも連絡が来る頃だろ」

南元はそう言って枕元に目をやった。デジタルの置き時計は、「2」が横に三つ並んで光っている。午前二時二十二分。

「鑑識？」

「あの砕けた置物の復元を頼んだ。どうもあれが気になってな」

「なんだ、やっぱり南元さんも気になってたんじゃないですか」

思わず笑ってしまう。送検の書類を書いている南元の顔が不満そうに見えたのは、書類作成が嫌いだからというだけではなく、完全に納得できていなかったから、だったのだろう。

「気にはなっても、勾留延長を請求するほどの材料はなし。鑑識が頑張ってくれてる間、俺はすることもない。だから一旦《いったん》終わったことにして、しけこんだ」

ニヤッと悪い顔で笑う。

「それって軽く俺を騙《だま》してますよね」

「騙してねえよ。このまんまなにも新事実が出てこなければ終わりだ」

「でもまだ調べる気なんでしょう？」

「それはまあ、裏付けというか、ダメ押しというか、俺が納得したいだけだ」

「じゃ、行きましょう。俺も納得したいから。裏付けのダメ押しに」

「え、もう行くのか？　おーい、一眠りしてからでもいいんじゃないかー？」

「寝てていいですよ。俺はシャワー浴びてきます。……入ってくんなよ」

最後は睨みつけながら言ったが、南元はニヤニヤ笑う。

「なんだそりゃ、誘ってんのか？」

「入ってきたら蹴飛ばします」

顎を上げて睥睨《へいげい》すれば、南元は降参というように両手を挙げた。

「はいはい。どうぞごゆっくり」

笑いながら横になる。目を閉じた南元の横顔は、目鼻立ちのくっきりした男前で、くそう格好いいなあ、などと、悔しいのか嬉しいのかわからないことを思う。

こんな関係のまま、少しでも長く続けばいい。そう願いながら、気持ちを切り替えるべくバスルームへと向かった。

五

署に戻ると、ちょうど置物の復元が終わったところだった。

「竜だよな、やっぱり」

「ぐるぐる巻きの気持ち悪いヘビって言ってましたよね。これって昇竜でしょ？　なにが気持ち悪いんだろ？」

天に昇る竜は胴《どう》を螺旋《らせん》にくねらせているが、ぐるぐる巻きと表現するには少し巻きが緩いように見える。

「これ、もう本当に大変だったんだから。本っ当に。八坂《やさか》くんが手伝ってくれなかったらできてなかったわよ。マジで」

南元と同期だという鑑識課員の女性・山野《やまの》は、隣に座る八坂の肩を抱いて、恨めしそうに南元を見上げた。八坂もどこかやつれた顔で伊崎を見る。

その間に自分たちがなにをしていたか考えると、伊崎はものすごく申し訳ない気分になった。目が合わせられない。

「山野、細かい仕事好きだって言ってたじゃん。パズル好きーとか」

南元はまるで悪びれることなく言った。

「好きだけど！　やってみたらめちゃくちゃ大変だったのよ。当然よ。ガラスだもの、立体だもの。上の方とか粉々だったんだもん。しかもこれ、オーパーツよ。あるはずのないパーツがあったのよ！」

そう言って山野は、ステンレスのトレイを南元に差し出した。中に入っていたのは二センチくらいの大きさの竜の尻尾《しっぽ》らしき部分。他にも小さいパーツが数個。

「余ったってことか」

「そう。どうやったってはまらないの。双尾《そうび》の竜なんてあるのかしらって思ったんだけど、分岐《ぶんき》してないもの、尻尾」

「なるほど。指紋はどうだった？」

「当然みたいに訊かないでくれる？　指紋が採れるように復元するのって、もうめっちゃ大変なんだからね！」

「はいはい。ありがとう。さすが山野さん。美人でよく気がつく鑑識課の華！　で、どうだった？」

「ああ、むかつくわーこの男。超むかつく。今度絶対、フルコース奢《おご》らせる」

そう言いながら山野はA４の紙を南元に渡した。伊崎も南元に顔を寄せて覗《のぞ》き込む。

破片から採取された指紋が容疑者のものと一致したことはすでに連絡を受けていた。立体を復元すればどこをどう持って殴ったのかがわかる。

伊崎は自分の手を動かしてその指紋の付き方を確認する。不意に視線を感じて目を向ければ、八坂がじっとこちらを見ていた。

「なんだ?」

「あ、いや。あの、女性だから両手で持ったみたいなんだけど、指紋が、足《た》りないんだよね。もうひとつ、同じような置物があって、一緒に握ったんじゃないかって、山野さんと話してたんだけど」

八坂はなぜかひどく慌てたふうにおどおどしながら説明した。

その態度は不審だったが追及はしなかった。竹刀《しない》を持っていない時の八坂は、わりといつも挙動不審だ。

「さっきネットで見つけたんだけど。その台座って横にカッティングが入れてあるでしょ。もうひとつを横に並べて置くと、ここが咬《か》み合って、竜が絡み合うのよ。そしたらほら、ひとつに見えるでしょ」

とあるガラス細工工房のサイト。そのトップページを飾っているのが、二匹のガラスの竜が絡み合いながら天を目指している置物の写真だった。

「なーるほど……。二つあったのか」

それでもヘビには見えないが、ぐるぐる巻きという表現には納得できる。

「ということは、半分を持ち去った奴がいるってことだよな。あの女が殴った後で」

「少なくともあの部屋の中にはなかったわ。復元してみてよかったわね」

自首であっても、えん罪となれば責められるのは警察だ。だがまだ、女が殴った後で片割れを持ち去った人間が、レイジを殴ったかどうかはわかっていない。

とりあえず持ち去った人物を特定し、話を聞くしかないだろう。

「ありがとな、山野も八坂も。今度奢ってやるよ。ゆっくり寝てくれ」

南元は疲れた顔の二人に言って、八坂の肩をパンパンと叩いた。痛かったのか、八坂は顔をしかめ、一瞬二人の視線が険悪に絡み合った……ように伊崎には見えた。

「八坂っておまえと同期なんだよな？」

廊下《ろうか》に出て、南元に訊かれる。

「そうですけど……なにか？」

「いや。あいつ、おまえの顔ばっか見てたなあ、と思って」

「ああ。あいつはいつでもそんな感じですよ。なんか中学ん時……いやまあ、同じ剣道少年だったから縁みたいのを感じてるみたいで」

八坂に聞いた中学時代の話はちょっと恥ずかしいので割愛する。

「縁ねえ。でもあの目は……見惚《みと》れてる感じだったけど？」

「……はぁ⁉　なんであいつが俺に見惚れるんですか」

「んー？　今日の伊崎は気《け》だるい感じで色っぺえなあ、とか」

「は？　俺は全然だるくなんてないし。色っぽ……とか、ない。絶対ない！」

「赤くなるのが可愛いなあ、とか」

人の顔を見てニヤニヤ笑っているその顔を見て、からかわれているのだと気づいた。

「からかわないでください！」

「からかってない。事実だ」

そんなことを言い合いながら刑事課に到着する。中では当番の刑事がひとりソファに横になって寝ていた。

事件が一段落した後の静かで平和な夜。取調室に移動して鑑識でもらった資料を確認する。

「あの女が殴った後、誰かが片方の竜だけを持ち帰った。残った竜の台座部分に不明な指紋がついてるが、これは片方を外した時についたんだろうな。その持ち帰った方の竜で殴ったかどうかはわかんねえけど」

「でも、二発目の傷の方が深かったんですよね。男の力だったからじゃないでしょうか」

「かもな。あの女が二発殴るところは、どうも思い描けなかったんだ。それほどの想いの強さをあの女からは感じなかった。プライドを傷つけられてカッとなって殴るんなら一発で充分。殺してしまうほど愛してた、なんていうのは後付けだろう。自分に酔ってないと自首できなかったのかもな。でもあのヒステリー、二発殴ったという線も捨てきれない。女の再聴取と……ハルキんとこ、だな」

「はい」

朝になって送検に待ったをかけ、二人でハルキのところへと向かう。

課長は勾留延長に不満そうだったが、物的証拠を出されれば確認しないわけにはいかない。刑事にとってえん罪は、なにより犯してはならぬ恥ずべき罪だ。捜査の手を抜いたつもりはなかったが、捜査の基本が自供の裏取りになっていたのは否定できない。

ハルキは相変わらず生気のない顔をしていた。

「朝っぱらからすみません。ご加減いかがですか？　もしかして、あれからずっとお休みでしたか。誠に申し訳ないのですが、署までご同行いただきたいんですけど」

伊崎は矢継ぎ早に質問し、部屋の中と指輪を確認する。今日は左手の中指に指輪はなく、室内の見える範囲に置物などは見当たらない。

「いやいや、伊崎くん。署まで来てもらうのは悪いから、ちょっとお部屋に入れてもらおう。込み入った話なので、玄関先ではちょっとね……」

南元はハルキの返事も聞かずに靴《くつ》を脱いで上がり込んだ。

「あ、駄目ですよ、南元さん」

止めるふりで伊崎も後に続く。ハルキは特に慌てる様子もない。すでに証拠となるような物は処分済みなのか。それともまったくの見当違いか。

ベッドと座卓があるだけの六畳間はかなり散らかっていた。しかし年季の入った散らかり方ではなく、最近片付ける気力もありませんでした、という雰囲気。

「病院は行かれましたか？　なんなら車で送りますよ？」

顔色の悪さに伊崎は思わず申し出た。

「いえ、大丈夫です」

ハルキはやっと声を発した。か細い消え入りそうな声。物を避けて座る場所を作り、座卓を挟んで向き合う。

「単刀直入にお訊ねします。あなたとレイジさんは恋人同士だった、ということはありませんか？」

突然の質問にハルキは固まった。

「え——。いえ、いいえ……そんなはずないでしょう。僕なんて。レイジは女の人にモテモテだったんですから」

その焦《あせ》り方と必死な顔、そして取って付けたような言い訳に、伊崎は確信を覚える。

「女にモテモテでも男を好きになることはあるぞ？」

南元の言葉にドキッとしたのは、ハルキよりも伊崎だったかもしれない。

「ないですよ、そんなこと」

ハルキはうつむいたまま、いやにきっぱりと言った。

「ハルキさん、なんでもいいから知ってること、話してもらえませんか？　きっとお力になれると思います」

救いたい、なんておこがましい。だけどハルキを見ていると放っておけない気分になる。

先入観はよくないと思いながらも、ハルキが恋人のレイジを殺してしまった、という仮説が頭の真ん中に居座っている。

「なにも、お話しすることはありません」

ハルキは頑《かたく》なだった。うつむいて左手の中指の付け根をしきりに指で弄る。そこに指輪はないが、癖になっているのかもしれない。

「レイジさんが料理上手《じょうず》だったって話は聞いたことない？　ビーフシチュー、めっちゃ美《う》味《ま》かったんだけど」

「……食べたんですか？」

「現場にあったので、ちょっと味見を。あの部屋で恋人と一緒に食べるつもりだったんじゃないかって、俺は思うんだけど」

「絵麗奈さんと食べるつもりだったんじゃ……」

「それはねえな。あの女にわざわざ手製のビーフシチュー食わせるなんて、ないない」

ハルキの目が小刻みに左右に動く。部屋に行った時のことを思い出そうとしているのか。

「もう、帰ってください。もう……」

「では、指紋の提出をお願いできませんか。もちろん任意ですが」

「……嫌です」

「拒否されると、こっちも疑ってかかっちゃうことになるけど？」

「勝手にすればいい」

正座して、うつむいて、拳《こぶし》を握って。どこから見ても、なにも知らない人の態度ではない。

しかし今は物的証拠もなければ状況証拠すらない。心証が直感を裏付けただけ。

「わかりました。では一旦引き上げます。お邪魔しました」

事件からもう三日が過ぎている。証拠隠滅するには充分な時間があった。家宅捜索をしたところで凶器が出てくるとは思えず、捜索差し押さえ許可の令状を取る材料もない。

玄関を出ようとしたところで伊崎は振り返った。

「あの、先日していらっしゃった指輪を見せてもらえませんか？」

「え？　……いえ。指輪なんてしてません」

「シルバーの、緑の石が入ったやつですよ？」

「持ってません！」

バタンとドアを閉められてしまった。

怪《あや》しすぎる。疑えと言わんばかりの態度だ。

「さてさてどうすっか。まあ一旦持ち帰って、みんなでお話し合いかなー」

署に戻ると、同僚の刑事たちに胡乱《うろん》な目つきで迎えられ、説明を求められる。

「自分がやったって言ってる奴がいるのに、なんで男なんか調べてんだよ」

「たぶん、あのハルキってやつがレイジの恋人で、あの日、あの部屋に行ったと思われるから、です」

南元がそう言った途端、水を打ったように静かになり、それから大ブーイングを浴びる。

「男と付き合ってたっていうのか⁉」

「なんだそいつ、そんなに美形なのか？」

なるほどこれが一般的な反応なのかと思う。南元も伊崎とそういうことになっていなければ、同じような反応だっただろう。

「みんな頭固ぇな。刑事たるもの固定観念に凝《こ》り固まっていては真実を取り逃がすぞ」

南元は偉そうに言ったが、伊崎から見れば南元だってそれなりに頭が固い。

「おまえまさか、女に飽きたらず、男にも手ぇ出したのか⁉」

論点はずれたが、指摘は鋭かった。南元があっさり認めてしまうんじゃないかと、伊崎は隣でハラハラする。

「今は俺の話じゃないでしょ。あ、あの女に確認してもらいましたか？　凶器の形」

さらっと話が逸《そ》れてホッとする。

「ああ、こっちの二匹が絡み合ってるやつだったそうな。それを両手で持ってガツンと。でも何発殴ったか、殴った時に割れたのか、落として割れたのか、その辺のことはやっぱり覚えてないらしい」

「何度殴ったにしろ、女が殴った後で、凶器の半分を持ち去った奴がいるのは確かなんだ。このまま裁判になって、女が一発しか殴ってないって言い出したら、簡単にひっくり返る」

その言葉にみんな黙る。一《いち》か八《ばち》か送検してしまおう、なんてことを言う者はいない。

「ま、昨夜眠れてよかったよな。また一からやるか」

先輩刑事の言葉に、

「本当、神様がくれた一晩だったよなあ」

南元はそう同調して、ニヤッと笑ってこっちを見たが、当然無視した。

会議で今後の捜査方針を決めていく。まず容疑者の勾留は延長、さらに詳しく取り調べる。そしてハルキの身辺調査を行い、行動を見張る。それとはまた別に、改めて他の線も探ってみることになった。

ハルキが恋人というのは、やはりなかなか納得がいかないものらしい。似たような指輪と不審な挙動だけでは根拠が薄い。たまたまかもしれないし、親しい友達ということもありうる、という主張も一理ある。

言い出しっぺの伊崎たちは、当然のようにハルキ班になった。

「ちぇ、張り込みかよー。あいつ、あの部屋から一切動きそうにないんだよなあ。出たって別に大したことしそうにないし。張り合いねえな」

「そろそろ仕事にくらい行きませんかね」

「やめるんじゃねえの？　ホストなんて向いてないだろ。成績はずっと低空飛行で、入った時からレイジのヘルプ要員だったみたいだし」

運よくハルキの部屋の出入り口が見えるところにあるガレージを家主から借りることができた。最近は路上駐車して見張っているとすぐに通報されるからありがたい。

「レイジが入れたんですかね？　恋人なら女といちゃいちゃするところなんて見せるかなあ。見てる方も辛《つら》かったはずだし」

「ここで働く前に接点があったのか……は、安井さんたちが探ってるけど。ハルキは自分からホストクラブに入ろうって考えるタイプには見えないな。レイジが入れたんなら……自分がもててるところを見せつけたかった、とか」

「最悪野郎ですね」

「単純に同じ職場だとなにかと都合がいいから、とか」

「都合？」

「時間が合うし、なにしてるかわかるし、まあいろいろと」

そう言って南元はニヤニヤと肩を組んでくる。

「なるほど都合のいい相手……」

伊崎はそのニヤニヤ顔を手のひらで潰《つぶ》すように押し戻し、腕も外した。

自分はまさに都合のいい相手。そんなことはもちろんわかっている。

「近くにいると、恋人に変な虫がつかないかどうか見張れるというメリットもある」

「自分は変な虫にたかられまくっているくせに、ですか。勝手すぎるでしょ」

「たかられまくってって……。まあそうだな、勝手だな」

二人きりで暇を持て余すという状況が少し息苦しい。

以前は南元を意識していても、仕事中は割り切って仕事に集中できていた。注意力散漫になってしまうのは、中途半端な関係だからだろう。

好きだと認めたものの恋人になる気はなく、遊びだと割り切ることもできない。それならもうやめた方がいいのかもしれない。

「なあ、ザキ……」

「はい?」

南元が真面目な顔で何事か言いかけた時、胸の携帯電話がブルッと震えた。それはメールの着信を告げるもの。

「今の、携帯じゃねえの?」

「あ、これは大丈夫なやつなので。それより、なんですか?」

南元に見られている状態でメールを開きたくなかった。なんでもないメールかもしれないが、例のメールだった場合、顔に出さないようにできるかどうか。出さないようにしてもなお見抜かれてしまいそうで自信がない。

「なあ、おまえなんか隠してるだろ？」

見てなくてもこれなのだ。いや、カマをかけているだけかもしれない。

「いっぱい隠してます」

「ほう、開き直ったな」

「俺のことで南元さんが知ってることなんて、ほんの少しですよ」

隠しているわけではなくても、知られていないことはたくさんある。

「そうか。まあそうだな。俺が知ってるのは……ここを触るとビクッとする、とか」

不意打ちで首筋を撫で上げられ、言われた通りに身体がビクッと反応した。

「な、それはいきなり触るから」

「じゃあ、ここを触ると猫みたいに気持ちよさそうな顔をする、とか？」

その手が耳を覆うようにして、耳の後ろを指で撫でる。

「そ、そ、そんな顔しないし！」

ふにゃっと力が抜けそうになって、慌てて手を払いのけた。

「真っ赤で涙目。可愛いぞ？」

楽しそうに南元が笑う。

「な、な――」

言葉が出ない。自分が真っ赤なのは顔の熱さでわかる。ポーカーフェイスなんてもうどこかに行ってしまった。

「身体のことなら、おまえよりよく知ってるんだけどな」

「そ、それは俺だって！」

反射的に言い返して、ハッと口を閉じる。

「俺だって？　俺の感じるところを知ってますって？　どこ？　触ってみろよ」

触ると南元が気持ちよさそうな顔をするところ。知っているけど、それはどこも外では触れないようなところばかりだ。

「大丈夫、見えないから触ってみ？」

南元の手が伊崎の手を摑み、股間へと導く。

「ば、馬鹿か、あんたは⁉」

思いっきり振り払ったところで、南元が「お」と短く声を発して視線を逸らした。伊崎も視界の隅にそれを捉えた。

ハルキの部屋のドアが開き、中から青い顔をした家主が出てくる。

階段を下りて道を歩き出したところで、伊崎たちも車を出た。夕暮れ時の町をフラフラ歩

いていくハルキの跡をつける。

住宅街の中の道は人通りも少なく、対象と面識のある二人は尾行に向いていないが、今回はハルキの現状把握《はあく》が一番の目的なので、まかれなければよし、と押しつけられた。うちの班はみんな張り込みが嫌いなのだ。

ハルキの斜め後方を伊崎が、さらに後方に南元がついて歩く。ハルキが尾行を警戒する様子はない。それどころか周りのなにも見ていないかのように歩いていく。

いったいどこに行くつもりなのか。死に場所を探しに……と言われれば納得してしまいそうな歩き方だった。

なにかに躓《つまず》いたのか、ハルキが膝を突き、そのまま前のめりに地面に倒れ伏してしまった。

「え？」

伊崎は一瞬南元を振り返ったが、すぐにハルキに駆け寄っていた。

「どうしました？　大丈夫ですか？」

ハルキの身体に手を伸ばし、抱きかかえるように助け起こす。

「ごめん、なさい……」

か細い声が聞こえた。意識があるのかないのか、目を閉じて眉間《みけん》に皺《しわ》を寄せている。

「ハルキさん？」

肩を揺すってみると、眉間の皺がさらに深くなって、スッと消えた。

「病院……救急車！」

伊崎はその場にハルキを横たえて携帯電話を取り出した。しかし、南元は落ち着いた様子で「ちょっと待て」と言うと、脈や呼吸を確認する。

「これは……寝てるだけじゃねえか？　力尽きたって感じか」

「あ……。でも、病院には連れて行った方がいいんじゃないですか？」

「じゃ、車で運ぶか」

伊崎が抱き上げようとすると、横から南元が手を出してきて軽々と抱き上げた。

「これはやっぱ俺の仕事だろ」

「俺だってこんな細いなら抱き上げられます」

ムッとして言い返す。ハルキは本当に細い。元から細い上に、たぶんあんまり食べてないのではないかと思われる。

「それはわかってるけど、俺の方が慣れてるし。なあ？」

それは伊崎を抱き上げたことを言っているのか。それとも他の女性たちのことか。いや両方だろう。

「確かに俺は慣れてませんけど」

「おまえが男を抱き上げるのを見るのはなんかムカムカする」

「なんですか、それ」

もしかして嫉妬……だろうか。でも南元が抱き上げられる人間に嫉妬するなんておかしな話だ。そもそも南元に嫉妬なんて感情があるのか。

「まあ俺もなんのムカムカかは、よく……」

「ん……レン……」

南元が言おうとしたのを遮《さえぎ》るように、その腕の中のハルキが、寝言らしきことを言った。

「レンって……レイジの本名ですね。村中蓮《むらなかれん》」

「恋人なのは間違いない、か」

「そうですね。これは……そうでしょうね」

ハルキは南元の胸にぎゅっとしがみついて、頬《ほお》を寄せている。レイジより南元の胸板はかなり厚いが、寝ている人間にその違いはわからないだろう。

寝ぼけているだけだとわかっているのに、胸がチリッと痛んだ。ハルキがさらに甘えるように頬を擦りつければ、チリッがズキズキに変わって、さりげなく目を逸らす。

「名前、呼んであげたらどうですか?」

平静を装って言ってみる。

「名前……ハルキじゃなくて、なんだっけ?」

「明人《あきひと》ですよ」

「ああ。……明人……」

南元が耳元に囁けば、さらにぎゅっとしがみつかれた。

あまりに素直な反応に、もしかして起きてるんじゃ……などと疑ったが、やつれた顔にそんな余裕は見当たらなかった。

夢の中で会えているのだろうか。もしかしたら自分が殺したかもしれない、恋人と。

車の後部座席にハルキを寝かせ、南元は助手席に乗った。

「抱いたまま乗ってあげればよかったのに」

つい余計なことを言ってしまう。

「んー。なんかいまいち……やっぱおまえ以外の男は無理っぽいな、俺」

南元はいたって真面目な顔でそう言った。それは喜ぶべきなのか。自分を受け入れてくれたのは、今だけの気まぐれだと覚悟した方がいいのか。

病院に行って診察してもらうと、過労だろうと言われた。心身を疲弊《ひへい》し、寝ることで力を取り戻そうとしている。つまりやっぱり寝ているだけ。

栄養も足りていないということで、点滴を打ってもらうことになった。

応急処置室という小さな個室の中、ベッドの横にパイプ椅子《いす》を並べて座り、ハルキが目覚めるのを待つ。張り込みというより付き添いだ。

ハルキはもう目覚めないのでは、というくらいに、微動だにせず昏々《こんこん》と眠っている。

「こんな楽で暇な張り込みもねえな」

「そうですけど……なんですか、この手は？」

隣に座る南元の手が首筋に伸び、シャツの襟《えり》の上端を撫でるようにして首を撫でる。

「んー？　俺は思うに、俺たちがいちゃこいてると、こいつも本当のことを喋りやすいんじゃねえかと……思うわけだ」

「どんな理屈ですか。仕事中は触るなって言ってんでしょ」

手首を摑んで放り投げる。

「おまえさ、最近すごい疲れた顔してるぞ。ちゃんと寝てるか？」

ふざけていたのが一転して、真面目な顔で下から覗き込んでくる。

「は？　俺の寝る時間を奪ったのはあなたじゃないですか」

小声で言って顔を背《そむ》ける。

「俺は心地よく疲れさせてから、ぐっすり眠らせてやろうって、考えてたようなかったような……。俺は寝ようって言ったのに、おまえが仕事第一！　みたいに突進していったんだろ。ちょっと寝ろよ」

「別に眠くないし」

「俺が膝枕してやるから」

「膝枕って、この体勢でどうやって寝ろと……」

頭を強引に膝の上に乗せられそうになって、抵抗するとパイプ椅子がガタガタと音を立てた。

「自分が眠いからふざけてるんでしょ⁉」

「お、よくわかったな」

「ふざけん……あ、おはよう……ございます」

頭を押さえつけようとする手に抵抗していると、いつの間に目を覚ましたのか、ハルキと目が合った。ばつの悪い思いで南元の手を払いのけ、ハルキの枕元に近づく。

「うるさくしてすみません。あの……道で倒れたの覚えてますか？」

「いえ」

「消耗《しょうもう》が激しいのと栄養失調ってことで、点滴を打ってもらってます。もう少し寝た方がいいですよ」

できるだけ優しい顔を心がけて微笑《ほほえ》みかける。

「死んでも、よかったのに……」

天井《てんじょう》を見上げてハルキはボソッと言った。

「それはなぜですか？　恋人を亡くしてしまったから？」

青い顔に向かって、あなたが殺したのか、とは訊けなかった。

「僕ももっと……言えばよかった。あなたたちみたいに、言いたいこと、言えば……」

ポロポロと涙がこぼれ落ち、伊崎はポケットから取り出したハンカチでそれを拭《ぬぐ》う。

「すみませ……」

「いいんですよ。ここは病院ですから、まずは治療が最優先です。身体も、心も」

ハルキはぼんやりと伊崎を見つめる。

いちゃついていれば言いやすくなるという南元の意見は、図らずもその通りになったようだ。

「言いたいことをなんでも言えばいい。なんでも聞いてやる」

南元は伊崎の肩を抱き、ハルキの視界に割り込んだ。

「……もう少し……もう少しだけ、待ってください」

ハルキは二人を交互に見て、また静かに目を閉じた。


一時間ほどで交替の時間になって、目覚めたら連絡をくれるように頼んで車に乗り込んだ。

早朝の街は白くガスがかかっていて、まだ車も少ない。

「なあ、これ食っていい？」

助手席の南元が見せたのは伊崎のクッキーケース。ハッとポケットを叩けば、当然ながらそこにはない。

「さっきハンカチ出す時に落ちたのを、俺がナイスキャッチしといた。お、今日はマーブルクッキー。いただき」

南元の口の中にクッキーが消える。美味い、と笑った顔を見ればやっぱり嬉しくなる。

「これさ、おまえが作ったんだろ？」

「え……なんでそれ」

「あの時おまえ、なんか様子が変だったし。よく考えたらザキが女に食い物もらうってのも、それをほいほい人にやるってのもちょっとな。容《い》れ物も女にしちゃに色気なさすぎだし」

「すみませんね、色気がなくて」

「俺もまだまだだよなあ。古い固定観念に囚《とら》われちゃって」

そう言ってもうひとつクッキーを口に放り込む。

確かに南元の固定観念は少々古いが、それはわりと簡単に書き換えられる。男なんて論外だったのに、あっさり手を出してなおかつ楽しんでいる。もうすでに菓子や料理を作るのは女だという固定観念はなくなっているだろう。

柔軟に物事を受け入れ、人生を楽しむことに貪欲《どんよく》で制限を設けない。

どうすれば自分も楽しく生きられるのだろう。

南元の存在は不可欠だが、それは別に仕事上の相棒というだけでもいいような気がする。

性的な関係はなくてもいい。でも、異動になったら？　疎遠《そえん》になっても耐えられるのか。

自分が作ったクッキーをポリポリ食べる南元が可愛くて、ずっと見ていたいと思う。できれば、一番近くで――。

署に戻ると課長に睡眠を取るように言われた。夕方にハルキが倒れて、それからずっと付き添っていたのだ。本当は深夜のうちに交替する予定だったが、朝になってしまった。

伊崎は家に帰らず署内の仮眠室へと向かう。

「南元さんは家に帰ったらいかがです？　近いんだし」

「じゃあおまえも一緒に……って冗談だよ。俺も帰るの面倒くさい。膝枕、してやろうか」

「いりません」

いつまでもこうして、くだらないことを言ってふざけていられたらいいのに、と思う。

「いつまでこんなこと続けるのよ⁉　何回殴ったとか、そんなの私にとってはどうでもいいことなの。私が彼を殺した、それがすべてなの！」

仮眠室に向かう途中で、取調室に連れて行かれる絵麗奈を見る。

「私のものなんだから……。もうなんにも喋らない」

相変わらずのようだ。絵麗奈は廊下の隅に座り込んでしまった。

伊崎は吸い寄せられるように歩み寄って、絵麗奈の前にしゃがみ込んだ。

「自分が愛されてないって認めるのは、辛いですよね……」

しみじみと言えば、絵麗奈は顔を上げ、すっかり化粧っ気のなくなった顔で伊崎を見る。

「わかっていてもどんどんはまっていって、気づいたらもう引き返せなくなってて、手を取ってほしいけど相手にその気はなくて……。自分にはお金しかないから、貢いで、貢いで、でもやっぱり心はもらえなくて。他の女になんて渡したくない。自分だけが取り残されるくらいならいっそ壊してしまえ、みんな不幸になれ！　って、……そんな感じですか？」

伊崎は心に浮かんできたことをそのまま口にした。やったことは間違っているが、その気持ちはなんとなくわかる。わかってしまった。

絵麗奈はポカンとして、それから伊崎の首に抱きついて、わんわんと泣き出した。

「なんであんたにそんなことがわかるのよぉぉ。ただの客だって思われてるのなんて、わかってたのよ。でも、でも私はホントにすごく、すごく好きだったのよぉぉ……」

「悪いことをしたと思ってるから、言い訳しないで刑に服しようと思ってるんですか？　それとも……思い出すのが怖いんですか？」

できるだけ優しい声で訊ねる。

「お、思わずカッとなって殴っちゃったけど、殺すつもりなんてなかった……ちょっと痛い思いをさせて、レイジもその女も不幸になればいいって。でも、動かなくなって、怖くなって。たぶん恨まれてるわ。だからもう私はどうなってもいいの。早く罰して。楽になりたい」

「じゃあ……殴ったのは、一回なんですね？」

「そんな何回も殴れるわけないじゃない。ガラスのヘビも割れちゃったし……」

「わかりました。あなたはあなたの罪をきちんと償ってください」

思いがけず本当のことを話してもらえた。やっぱり覚えていたのだ。

先輩たちには「よくやったぞ色男」などと褒められたが、吐かそうと思って声を掛けたわけではなかった。一瞬気持ちがシンクロしてしまったのだ。相手はしてもらえても、心はもらえない辛さ、そのジレンマ。それが絵麗奈にも伝わったのだろう。

絵麗奈はおとなしく取調室へ行き、二人は仮眠室へと向かう。

「最初からおまえに取り調べ任せればよかったな。俺にはわかんねえよ、ホストに入れあげて、無理だってわかってんのに執着する女の気持ちなんて。愛想尽《あいそ》かして次に行けばいいだろ。他にいくらでもいい男はいる」

「他の人じゃ意味がないんですよ。どんないい男も代わりにはならない。その気持ちがわかるのは、男とか女とかじゃなくて、報《むく》われぬ恋をしたことがあるかどうか、なんだと思います。彼女なりに真剣で必死な恋だったんでしょう。でもどうにもならないことはある。彼女は諦め方も謝り方も知らずにここまで来てしまったのかもしれません」

恋はスポーツではない。必死で頑張れば勝者になれるわけじゃない。そもそも勝ち負けではなく、相性なのだから、自分が変わらないままどんなに頑張っても、状況は好転するどころか悪化することの方が多い。

自分が変わるなんて簡単なことじゃなく、変えようがないことだってある。きっと彼女には自分が変わるなんて発想はなかっただろう。どうしていいのかわからずに手が出て、どうしていいのかわからずに自首してきた。

「おまえは、報われぬ恋をしたのか？」

「報われるわけないじゃないですか……」

伊崎は聞こえない程度の声でボソッと吐き捨てた。

「ザキ……」

「寝るからもう話しかけないでください」

逃げるようにベッドに潜り込み、壁の方を向いて丸くなる。どうせ眠れないだろうと思っていたのに、目を閉じたらすぐに眠りに落ちていた。

六

ほんの短いメールの着信音で目が覚めた。ハルキが目覚めたという連絡かと思ったが、そうではなかった。

『その男はやめろ』

まったくもって芸がない。おかげで目は覚めたが、寝起きの気分は最悪だ。そっと身体を起こせば、南元は隣のベッドで寝ていた。疲れた顔をしていると人のことを心配していたが、南元だって疲れているはず。顔にも言動にもあまり出ないけれど。

そっと起き出して、伊崎は鑑識に向かった。その途中で八坂にばったり会う。

「八坂、ちょっといいか？　おまえに頼みがある」

「え？　あ、うん、なんでも言って。僕にできることなら、なんでもするよ」

「私的な用件で申し訳ないんだが、このメールの発信者を突き止められるか？」

「え？　あ、えっと……これは、伊崎くんに来たメール？」

「そうだ。放っておいてもいいんだが、一応。わかるものなら突き止めておくかと思って」

「うん、わかった。ちょっとこれ借りるね」

伊崎の携帯電話を持って鑑識室の中に入り、パソコンと接続してなにごとかしている。デジタルなことに疎《うと》い伊崎にはなにをしているのかさっぱりわからない。

「じゃあ返すよ。調べておくから」

「ああ、よろしく頼む。暇がある時でいいからな」

「うん」

伊崎は八坂の顔をじっと見つめる。が、八坂はチラチラとしかこちらを見ない。いつものことといえばそうなのだが、なにか違うような気もする。こちらの意識の問題かもしれない。

廊下に出ると、スマートにスーツを着こなしたキャリア警視が立っていた。

「高木さん？　なぜこんなところに」

「野暮用でね。ついでに真悟の顔でも見て帰ろうかなーっと思ったら、運命みたいに真悟の姿が見えたんだ。一緒の男が遊び相手かと思ったけど、あれは違うね」

「違います」

「だろうね。で、どんなメールなのかな？」

「聞いてたんですか。別に……気にしないでください。ただのイタズラメールなので」

「そう？　でもすごく疲れた顔をしてるよ」

高木の細い指が頬に触れた。高木に触れられるのは特になにも感じない。

「これはいつもです」

「確かに刑事課の人間はいつも疲れた顔してるけど……。僕の目はごまかせないよ」

高木は伊崎の胸ポケットから携帯をスッと抜き取った。

「あ、それは窃盗《せっとう》です！」

取り返そうとするが、高木は飄々と逃げながら携帯を操作する。

「まあまあ。えーと、ん？　これって……南元⁉　まさか南元と付き合ってるのかい？」

「ち、違います。それはそいつの勘違いで」

よりによって、南元の写真入りのメールを開いたらしい。

「へえ。南元が男もいけるとはねえ……」

「だから違うって！　あの人は根っからの女好きだ、俺なんて……」

言った途端に唇に人差し指を押し当てられた。

「自分を卑下《ひげ》するのはやめなさい。きみは魅力的だよ。女好きだって転ばせられるくらいにね」

「そんなことは……ないです」

うつむく顔を無理矢理仰向《あおむ》かされ、高木が珍しく真剣な顔で目を覗き込んでくる。

「あるよ。恋の古傷ばっかり見つめてないで、顔を上げなさい。こと恋に関しては、経験とか反省なんてものはほとんど役に立たない。過去を見るより、今目の前にいる相手をよーく見て。同じ恋なんてないんだよ」

親友にふられた話はずいぶん前にした覚えがある。誰もが通る道だと笑われてムッとした。そんな軽いことではないと力説したのだが、重くしたってしょうがないよ、とやっぱり高木は笑った。

「わかってます」

わかってるけど、怖いのだ。

「きみが一番魅力的なのは、なにかに夢中になっている時だ。剣道してる時とか、白バイの練習してる時とか。あと、激怒してる時とかね。我を忘れている時の顔はとてもいい。恋に夢中になったきみはきっとすごく素敵だと思うよ」

「高木警視……」

「階級で呼ばれると一気に醒《さ》めるね。って、ここは職場だった。とにかく、南元なんてどこがいいのか僕にはさっぱりわからないけど、きみが欲しいと思うならガンガン攻めたらいい。人間なんてみんな『たで食う虫』なんだから。どう転ぶかなんてわからないよ。僕は振り回される南元が見たいから、ぜひ頑張って」

「俺に振り回せるような人じゃないです」

否定するのも面倒になってきた。高木と話しているといつもそういう気分になる。この人に隠し事をしてもしょうがない。もういいや、と投げやりになってしまえる安心感。

「それはやってみなくちゃわからないけど……僕はわりといけると思うな」

高木はなにか確信めいた顔で言った。

「高木さんって、なんていうか、無責任というか適当というか……いい性格ですよね。刑事向きだと思うんですけど」

「そう？　そうだね、僕も管理官とかじゃなくて現場の刑事がやりたいな。南元には負けないと思うんだよね」

「それはどうかわかりませんけど」

「なに？　もう恋人面《づら》？　えこひいき？」

高木は笑って伊崎の肩に手を置き、真面目な顔になった。

「女の恋人が何人もいるより、男の恋人ひとりの方がずっと健全だよ。恋から逃げているのは、もしかしたらきみよりもあいつなのかもしれないね」

「え、それは……」

「じゃ、腕力勝負じゃ勝ち目がないから退散するよ。メールの件は僕もちょっと調べてあげるから」

「え？　いや、これは俺が自分でやります」

「警視ってのは暇でね。いい暇潰しになる。じゃ、健闘を祈る」

高木はひらひらと手を振って行ってしまった。

高木と話すといつも心が少し軽くなる。仲間意識のせいもあるだろう。実生活の中で、同じセクシャルマイノリティだとわかっている人間と出会うことは少ない。職場の上司というより、同じサークルの先輩みたいな親密さを高木には感じる。

「警視様とは職場でも堂々といちゃつくんだな。俺には触らせてもくれないのに」

背後から声がしてビクッとする。振り返れば、南元が不機嫌そうに立っていた。

「い、いちゃついてたわけじゃ……」

反論しようとしたが、誤解だとは言い切れないほど高木はやたらと触れていたし、距離も近かった。高木は誤解されてもきっと気にしないだろう。それどころか、わざと誤解を招いて面白がりかねない。わざと……のような気がする。

「なにを話してたんだ？」

南元は無表情に伊崎の背後の壁に片手を突き、上からなのに覗き込むような姿勢で伊崎の顔を見る。伊崎は居たたまれず、顔を横に背けた。

「別に……南元さんには関係ないことです」

「またそれか。高木はなんでも話せるお友達？」

「そうです」

南元の尖《とが》った声というのは心臓に突き刺さる。前に高木と一緒のところを見られた時よりさらに機嫌が悪そうで、少し怖い。

「おまえとお友達になりたいとはまったく思わないんだが、話の内容にはすごく興味がある」

「言いません」

「んだよ、おまえの線引きってなんなんだ？　俺は友達よりも遠いのか？」

南元の大きな手が頬に迫って、思わず避けてしまう。高木に触れられるのは平気でも、南元に触れられるのは平気じゃない。その線引きがなにかなんて言えるわけがない。

「あなたは……相棒です。尊敬してるし大事だけど、寝たのは正直失敗だったと思ってます」

逃げ癖がついてしまっている。ガンガン攻めるなんてできそうにない。

「まだそんなこと言ってんのかよ。言っておくが、俺はやめる気ないぞ」

夢中になるのが怖くて怖くて仕方ない。

「あなたには待ってる人がいっぱいいるんでしょ？　俺は……独りがいいんです」

南元に改心を促す気などない。自分だけを見てほしいなんて、ずっと一緒にいたいなんて、言えるわけがない。もし万が一成就《じょうじゅ》しても、自分に自身がないからずっとビクビクしながら暮らすことになるだろう。そんなのはごめんだ。

「いねえよ」

南元がボソッと言った。

「え？」

問い返したところで伊崎の携帯電話が鳴って、二人の間でピンと張っていた糸が緩んだ。

「はい、伊崎……え⁉　ハルキが消えた⁉」

南元の表情がサッと変わり、間髪《かんはつ》を容れず駆け出す。伊崎も通話しながらその跡を追う。

『悪ぃ、ちょっと油断した。もう帰るって言うし、医者も帰っていいって言うから、車で送ろうとしたんだが、車を取りにいった隙《すき》に……』

もう一人の刑事にトイレに行くと言って、姿を消したらしい。

「わかりました。周辺を当たってみてください。こっちも心当たりを探します」

南元が運転席に乗り込み、伊崎は助手席に乗って電話を切った。緊急配備はもうかかっている。

「死ぬつもりでしょうか」

「たぶんな。逃げたくらいだから自分ちには帰らないだろう」

となれば、心当たりはひとつしかない。

サイレンを鳴らして街中を疾走《しっそう》する。

「話してくれるつもりだと思ったのに……甘かったです」

「あの時はそのつもりだったかもしれないさ。情緒不安定だから、衝動的にってこともあるだろう。でも、死なせねえ」

あっという間に殺害現場であるレイジのマンションに辿《たど》り着く。十階建ての七階にレイジの部屋はある。立ち入り禁止になっているが、もう見張りは立っていないはずだ。合い鍵を持っているなら入れるだろう。

「合い鍵、持ってますかね」

「さあ。でも、奴のものらしい指紋は数個しか採取されてない。頻繁《ひんぱん》に部屋に行っていたわけじゃないなら、持ってない可能性が高いだろう」

「じゃあ……」

「ひとまずあの部屋と非常階段だな」

マンションの前に車を横付けにして見上げる。非常階段はここからは見えない。

エレベーターに直行すれば、箱は七階にあった。

「おまえはこれで上がって部屋に行け。俺は階段を上がる」

「了解です」

走っていく南元を見送り、苛々しながら箱の到着を待つ。乗り込んで七階を押し、閉ボタンを連打して、上がる箱の中で足踏みする。

死んでは駄目だ。跡を追いたい気持ちはわかるけど、生きられる命を捨ててはいけない。

扉をこじ開けるようにして飛び出し、まずは部屋に向かう。ドアには鍵がかかっていた。

そのまま非常階段へと走る。

疾風のごとく南元が駆け上がっていくのが見えた。遅れてその跡を追う。

しかしそこから半階上がった踊り場で、鉄格子の柵《さく》の向こうになにか黒いかたまりが落ちていくのを見た。

「み、南元さん⁉」

サーッと血の気が引いた。落ちたのはハルキか？　しかし南元の姿がない。上か？　それとも……下か？　確認するのが怖くて動けない。

「ザキー、下！」

苦しげな声が聞こえてよく見れば、鉄格子の下の方を掴んでいる手だけが見えた。それは見慣れた南元の大きな手。慌てて階段を駆け下りれば、青空をバックにとんでもない光景が目に入る。

南元は片腕でハルキを抱き、片手で柵にぶら下がっていた。驚異的な握力だ。そしてなんて無茶をするのか。見ただけで寿命が縮む。

ハルキは気を失っているのかぐったりして動かない。しかし変に暴れられるよりその方がいい。

伊崎は鉄柵の下に足を掛け、手を伸ばしてハルキの両足を抱きしめ、柵の内側へと引き入れる。下を見れば足が竦むほど高い。

「離していいです！」

「一緒に落ちんなよ」

「はい！」

南元がゆっくりとハルキから手を離し、伊崎はハルキを抱き寄せて、自分の身体ごと柵の内側へ倒れ込んだ。ゴツゴツしたコンクリートの床をこれほど愛しいと思ったことはない。

ハルキは横向きに倒れて動かないが、変なところは打っていないはず。

南元はと見上げれば、自由になった両手で柵を摑み、身体を左右に揺らしながらひょいひょいと登っていく。片足が上がり、残った片足も上へと消えていった。

低い場所でならまだしも、七・五階という高さでよくそれがやれる。その心臓と腕力の強さは驚嘆に値する。いくら鍛えていても、自分にあの芸当は無理だ。

南元は階段を下りてきて、動かないハルキの脈と呼吸を確認し、へたり込んでいた伊崎に手を伸ばした。その手のひらは真っ赤で、傷だらけだった。

「無茶をする……」

「勝算がなければしない。こいつが軽いのはわかってたし、幸い前に踏み出した瞬間に抱きしめることができたから、たいした加重もなかった。ただ柵を摑んだ左手は滑り落ちる摩擦《まさつ》でこの通りだが」

踊り場の塀《へい》が、丸い鉄パイプが縦に並んだタイプの鉄格子柵だったからできた芸当だ。もしコンクリートで固めた壁タイプだったら、ハルキは今頃遠い地面の上に叩きつけられていただろう。

「それでも無茶だ。本当……心臓が止まるかと」

南元の傷だらけの手を両手で包み込み、額に押し抱く。

「生きててよかったな」

南元はニカッと笑った。こんな時でも南元は軽い。筋金入りだ。

伊崎は立ち上がり、その身体をぎゅっと抱きしめた。胸に耳をくっ付けて心音を聞く。生きてここにいることを確認する。

「本当に、よかった……」

南元の手が伊崎の頭をポンポンと叩いた。ちゃんと生きているぞと安心させるように。

ホッとして身体を離せば、照れくさくて南元の顔が見られない。

「俺、課長に連絡を……いや救急車が先かな」

携帯電話を取り出し、ハルキの前にしゃがみ込んで救急車を要請する。

生きていてくれて本当によかった。

今、生きている——それだけで奇跡なのだと、伊崎は心の底から実感した。


「ごめんなさい。蓮を……レイジを殺したのは、僕です」

ベッドで目覚めたハルキは、生きているという奇跡に絶望していた。もう心はこの世にはないかのように、すべてありのままに告白する。伊崎と南元は、枕元に並んでそれを聴取した。

「あの日、僕は初めてレイジの家に呼ばれて行きました。いつもは用意とか後始末とかが面倒だからって僕の家に来てて。すごく嬉しかったのに、女に殴られたって言って……それも僕があげた置物で」

「レイジは起きてたのか」

「少しの間気を失ってたみたいだけど、僕が行った時は起きてました。あの竜の置物は、僕が誕生日のプレゼントにあげたんです。ずっと一緒にいたいって口では言えなかったから、二匹の竜が絡み合って昇る姿で、僕なりに精一杯アピールしたつもりだったのに。蓮は『ださえ』って笑った。でも、飾ってくれてたんだ。捨ててたら、こんなことにはならなかったかもしれないのに。馬鹿だよ……」

ハルキがレイジの家に行った時、一匹は粉々に砕けていたが、一匹はほとんどそのままの状態で残っていた。縁起が悪いから持って帰れとレイジに言われたらしい。

「二匹でひとつなんだ、これは……。一匹じゃ意味がないんだ」

ハルキはベッドの上に半身を起こし、点滴の管を繋《つな》がれたまま、拳をぎゅっと握った。白く薄い皮に腱《けん》が浮いて虚弱な感じが際立つ。

「僕より先にあんな女を部屋に入れて、僕の竜で殴られて、僕の知らないところで死にそうになって……。蓮にはいつも馬鹿にされてた。何度も裏切られた。でも、好きだったんだ。誰にも渡したくなかった」

「だから殺したのか？」

問いかけた南元の左手は、包帯でグルグル巻きにされている。

七階の踊り場で人一人抱えて腕一本で宙づりになったという武勇伝はあっという間に病院内に広がり、医者には無茶なことをするなと叱《しか》られ、強靱《きょうじん》さを褒められ、看護師たちの注目の的となった。

にっこり笑って誘いをかければ、その場で何人落とせたか。しかしさすがにそんなことはしなかった。

「なんで殺したのかなんて、僕にもわかりません。いずれ他の女の人のものになるって、怯《おび》えながら暮らすことに疲れちゃったのかも。一匹になった竜を突き返されて、もう僕は独りなんだって、蓮はもう僕のことなんかいらないんだって思ったら……」

「信じてやれなかったのか？　好きになった男のことを」

「好きだから怖かった。僕には信じる強さも、独りで生きる強さもなかった。結局、蓮への愛より自己愛の方が強かったんです」

悄然《しょうぜん》としながらも、ハルキはどこか吹っ切れたようにも見えた。もう自分は死んだ、そんなふうに思っているのかもしれない。

「出頭しなかったのは自己愛ですか？　それとも、彼のためですか？」

伊崎は答えを確信しながら訊いた。

「ホストが客の女に殺されたっていうのは、醜聞《しゅうぶん》だけどきっとなくはない話じゃないですか。でも、男の恋人に痴情《ちじょう》のもつれで殺されるなんて最悪に外聞が悪い。こんな不名誉はないでしょう。僕は早く楽になりたかったけど、出頭するにしても死ぬにしても、ほとぼりが冷めてからにしようと思った。マスコミがもう興味を失った頃に、ひっそりと。絵麗奈さんのことは……本当にどうでもよかった」

絵麗奈のことを話す時、ハルキは酷薄《こくはく》そうに笑った。もうすべてが、レイジの名誉を守るという最後の一線すら、どうでもよくなってしまったようだ。

「でも、蓮だって悪いんだ。きみになら殺されてもいい、なんて軽々しく言うから。僕に聞こえるところで、他の女に向かって。でも、一度も言われたことのない僕に殺されちゃった。蓮は僕のこと、ちゃんと恋人だと思ってたのかな……」

「訊かなかったんですか？」

「訊けませんよ」

薄く笑みを浮かべて見つめられ、あなたはわかるでしょう？　と言われている気がした。

「おまえのいいところは、面倒なことを言わないところだって言われてたし。顔にも身体にも金をかけてる女の人に敵《かな》うわけないいし。僕はレイジが女と寝ても、怒ったことも、文句も言ったこともなかった。気分が悪けりゃ当たり散らされて、寂しい時には甘えてきて……。なんか、お母さんみたいだったな、僕……」

ひとりで意固地になって、卑屈になって、言いたいことを呑み込んで、一番大事な人の心を知ろうとしなかった。

わからないまま悶々《もんもん》として、溜まりに溜まったものが爆発してしまったのか。

あの竜のようにと願いながら、心がひとつになることはできず、ひとつは粉々に砕け、ひとつは血にまみれてただ形だけ残った。

「当たり散らしたり甘えたりってのは、心を開いてたってことじゃねえの？　俺は羨《うらや》ましいけどな、そういうの見せてもらえるの」

南元は世間話のように言った。なぜか伊崎は背中に変な汗をかく。自分のことではない、はずだ。

「刑事さんは器《うつわ》の大きな人ですね。……僕には受け止めきれなかった。蓮はお金が貯まったら二人で洋食店をやろうなんて言ってて、僕は子供じみた夢だって思いながら、いいね、なんて笑って。でもちっとも未来なんて見えなかった」

「それ、マジだったんじゃねえの？　金も貯めてたし、料理の腕も磨《みが》いてたみたいだし、ホストやめて、本気であんたと店をやる気だったのかも。家に呼んであのシチューをあんたに食べさせて、それを言うつもりだったのかもな」

「え……」

「すぐそこにあったかもしれない幸せな未来を、あんたは自分の手で壊したんだ」

南元の低く静かな声はハルキの胸に突き刺さった。頰を伝うのは後悔の涙。

自分の罪に自分が殺される。それは刑罰よりも世間の目よりも、なにより一番こたえる罰に違いなかった。

七

「さてー、これで本当に事件解決！　行こうか、ザキ」

佐藤絵麗奈を殺人未遂《みすい》、ハルキを殺人で送検し、これでやっときっちり事件が解決した。

みんなは打ち上げだと飲みに行って、おまえらも後から来いと言われたのだけど、それは南元が勝手に断った。

「ザキ？」

「すみません、俺はちょっと野暮用があるんで」

南元は二人の打ち上げに行く気満々のようだが、伊崎にはまだすっきりしないことが残っていた。

「なんだまた逃げるのか？　それとも高木か⁉」

「違います。本当に用があるんです。俺にとっては片付けなくちゃならないことなんです」

「なんだよ、それ。また俺には関係ないっていうのか？」

南元はこの上なく不機嫌な顔で言った。

「そうですね。でも……俺はあなたが好きですよ、南元さん」

伊崎はその不機嫌顔を真っ直《まっす》ぐに見て、自分の心を告げた。

逃げないのは気持ちいい。またひとつ、すっきりした。

「お、おう」

南元は少し驚いた顔をして、しかし嬉しそうに口の端を緩めた。

好きだと告げて、嬉しそうな顔をされるのはとても幸せなことだ。

「だから、もうあなたとは寝ません」

「ああ？　どうしてそうなる？　好きなら何百回でも寝ようぜ。俺も受けて立つ」

「自由でいたいし、いてほしいんです。俺は寝ると、いろいろ考えてグダグダしてしまうんだ。寝ないでそばにいるのが一番フラットでいられる気がする。だから明日からはまたよき相棒ってことで、よろしくお願いします」

「は？　ちょっと待て。フラットでいなくていい、グダグダすりゃいいだろ」

「嫌です」

「おま……。断る時だけはっきり言いやがって。俺の気持ちはどうなるんだ？　俺だっておまえが好きだし、俺はおまえと寝たい」

「え、あ、ありがとうございます」

いきなりストレートに言われると取《と》り繕《つくろ》うこともできず、たちまち顔が真っ赤になった。

クールでいようと思うのに、好きな人にそんなことを言われたらクールでなんていられない。「そんな可愛い顔するくせに……。俺にはおまえの言ってることがわかんねえよ。そばにいて触らないなんてできるか」

南元の精悍《せいかん》な顔が近づいてきて、それに比例して鼓動《こどう》が高鳴る。

「じゃ、じゃあその件は保留ってことで。またおいおい」

直前でブロックし、南元のしっかりした鼻柱を両手で押し戻した。

「おまえ、おいおいっていつだよ⁉　よし、わかった。おまえその用が終わったら俺んとこに来い。待ってるから」

「え、いや、込み入った用件だから時間が……」

「待ってるよ。家で、ひとりでな」

「い、行きませんよ！」

怒ったように去っていく南元の背に向かって叫んだが、返事はなかった。

解決していない個人的事件。伊崎は官舎に戻り、自分の部屋がある棟を行き過ぎて、隣の棟の一階の隅、初めて行く部屋のインターフォンを鳴らした。

「ど、どうしたの、伊崎くん」

ドアが開き、八坂が顔を出した。今日が非番だということはすでに調査済みだ。

「ちょっと、入っていいか？」

「あ、うん、どうぞ」

同じ作りの独身寮。建物自体は古いが、八坂の部屋は小ぎれいに片付いていた。几帳面《きちょうめん》で小心で優しい男。自分に自信がなくて、気持ちを言葉にできない。摩擦を嫌って、ぶつかることから逃げる。

昔の自分とは正反対だが、今の伊崎にはその気持ちがよく理解できた。ハルキとも似ているかもしれない。

「俺がなにをしにきたか、わかるだろ？」

言った途端、八坂は観念した顔になった。泣くか取り乱すかと思ったが、意外に肝《きも》は据《す》わっているようだ。

「……やっぱり伊崎くんは優秀だね。突き止められるとは思ってなかった。あの……ごめんなさい」

八坂はきちんと正座して深々と頭を下げた。まさに武士という感じ。伊崎はその前に胡座《あぐら》をかいて座る。正直、どうするのがいいのか考えあぐねていた。

「ごめんで済めば警察はいらない」

「うん。あの、ごめん……」

八坂も謝る以外の手を思いつけないようだ。

悪人でないことはわかっている。不気味なメールを何度も送りつけるのはストーカー規制法に抵触するが、頻繁ともいえない。送りつけられる方は迷惑だし不快だが、特になにかを強要されたわけでも、危害を加えられたわけでもない。

送り主が八坂だとわかれば、忠告くらいのつもりだったのかもしれないと思うが、調べてくれと頼んだ時にしらばっくれたのは許し難い。

あの時すでに、少し疑っていた。あそこで謝られていれば、わりと簡単に許せただろう。

できればごめんで済ませたかった。

「話を聞こうか。メールじゃなく、ちゃんと俺の顔を見て話せ」

といっても、八坂は基本的に人の目を見ない。ちらちらと見るのは、罪悪感もあるだろうが、元々こんなふうでもある。だからあの時も判別できなかった。

「あ、うん。あの……伊崎くんは南元さんが好きなの？」

「質問は受け付けない。自分の気持ちを話せ。なぜあんなことをした？」

「僕は……伊崎くんのために。ずっと見てたから、伊崎くんが南元さんに特別な感情を持ってることにはすぐ気づいた。でも、南元さんは悪い噂《うわさ》があるし、相応しくないと思って」

「何人も彼女がいるってことか？　それは噂っていうか、事実だ。みんな知ってる」

「じゃ、じゃあなぜ南元さんなんか。伊崎くんにはもっと真っ直ぐな人が似合ってるよ。浮気なんかしない、伊崎くんをもっと幸せにしてくれる人」

「男だってとこはいいのか」

「そんなのは……」

「俺は人に幸せにしてもらおうなんて考えたこともない。おまえはなにか俺のことを勘違いしてるみたいだけど、南元さんは俺が誘ったんだ。あの人はゲイじゃないんだから。お互い遊びだって割り切ってるんだよ」

「遊び？　でも、伊崎くんは南元さんのこと……」

「俺は、誰とでも寝るような男なんだよ！」

八坂の幻想をぶち壊してやる。出会い方のせいで、変に神聖化してしまったのだろう。伊崎としては気に入らない奴に文句を言っただけで、八坂を助けるつもりなどなかった。最初から勘違いなのだ。

南元のことも好きだと認めることからずっと逃げて、認めてからも逃げている。臆病《おくびょう》で情けない男なのだ。ただ、姿を見せずに隠れて、なんてことは絶対にしない。

「じゃ、じゃあ……僕とでも寝るの？」

八坂はおずおずと訊いてきた。そういう感情が奥底にあるからこそそのメールだったのだろう。慕われているのは感じていたが、八坂を対象として意識したことはなかったので、できるかどうかも考えたことはない。が、きっとできなくはないだろう。

「どうしてもと言うなら寝てもいい。ただし、一回だけだ。おまえを友達だと思ってたが、寝たら友達を続けるのは無理だ。以降は仕事以外で俺に関わらないでくれ。それでいいなら」

伊崎は立ち上がり、上着を脱いでネクタイを緩める。

「え、え、今から⁉」

「しないのか？　なら、帰るぞ。もう二度と卑怯《ひきょう》なことはするなよ。言いたいことは直接言え。今回は初犯だし、見逃してやる。でも次はおまえ、精神的にズタズタにするぞ」

「う――」

昔取った杵柄《きねづか》で、不良少年よろしく脅《おど》しをかける。八坂がうなずいたのを見て、上着を手に玄関に向かう。

が、靴を履《は》こうとしたところで後ろから抱きしめられた。ぎゅっと。力は強いのだ。身体も大きい。羽交い締めにされるとなかなか動けない。

「なんだ、やるのか？」

少し残念だった。友達でいることを選んでくれるかと思ったのに。

自分をふった親友の気持ちが少しだけわかる。もちろん自分は抱きしめるなんて行動には出ていない。ただ好きだと告げただけだ。

「ぼ、僕にも可能性があるなら……」

「可能性？　なんの可能性だ？」

「伊崎くんを幸せにする可能性」

「おまえ人の話を聞いてたか？　俺は幸せになんか……」

「幸せに！　なるべきだよ、伊崎くんは。人にしてもらう気はないって言ったけど、自分からなろうともしないでしょ⁉　僕はどうしてもきみに幸せになってほしいんだ。誰もいないなら、僕がする」

　意外なほど熱い言葉。温かい気持ち。

「気持ちはありがたいが、おまえじゃ無理だ」

たぶん、それができる人はひとりしかいない。

「そんなことはわかってるよ。でも、でも……た、体格は似てるし、可能性はゼロじゃないんじゃないかって……」

「ゼロだよ」

「決めつけるの、伊崎くんの悪い癖だと思う。誰だって……ゲイだってなんだって、諦めなければ幸せになれる……かもしれないのに。伊崎くんならきっとなれるのに。自分で可能性をなくしちゃうなんてもったいない。僕が言うのもなんだけど、その、み、南元さんとだって……」

「おまえ、面と向かってじゃないとよく喋るんだな。説教とか……むかつく」

「え、あ、ごめん」

「絶妙に的を射《い》てるのがまた、むかつく」

「え？　じゃあ僕にも可能性……」

「そこじゃねえよ！」

拘束されている腕を振り払おうと身体を横に振ったのだが、なぜかぎゅうっと強く抱きしめられた。

「でも僕、伊崎くん一筋だし、すごく好きだし」

「おまえ、なに急に押しが強くなってんの⁉」

「だって、もうこういうことさせてくれないでしょ？」

「……マジでやる気か？」

本当に対処に困る。自分のことを思ってくれているのは伝わるから、不快ではないのだけど、だからこそそういう関係にはなりたくない。

「えっと……うーん、うーん、でも、放したくないし、みたいな」

「ああ？」

「試してみるって、どうかな？」

「なるほど。そっちを取るんだな？」

「え⁉　えーと……」

煮え切らない。可能性を取るか、平穏な未来を選ぶか。可能性などないと言っているのに。

そこに、ドンドンドンッと目の前のドアを激しく叩く音が響いた。続いてインターフォンが何度か押され、「八坂！」という声と共にノブが回されてドアが勢いよく開く。鍵は開けたままだった。

「み、南元さん？」

目の前に現れた人を見て伊崎は驚いた。そしてもちろん八坂はもっと驚いて固まる。

「八坂、てめえ……」

南元の目がスッと細くなった。それは犯人を威嚇《いかく》する目。八坂はパッと伊崎から手を離して両手を挙げる。ホールドアップしたが、南元の目は鋭いまま。

「ザキ、どういうことだ。なんでネクタイ緩めて上着も脱いで、抱きしめられちゃってるわけ？」

八坂を睨んだまま伊崎に訊く。

「……南元さんこそなぜここへ？　俺をつけたわけじゃないでしょうね？」

「違う。俺はおとなしく待ってるつもりだったんだが、高木の野郎が電話してきた。おまえに来てたメールのこととか、それを誰が送っていたかとか、どういうつもりで送ったのかという憶測《おくそく》とかを、思わせぶりに、嫌味たっぷりに、恩着せがましく……」

「高木さん……」

メールの送り主が八坂だと確信を持たせてくれたのは高木だった。それには感謝したが、これは余計なお世話だ。

「で？　八坂、どういうつもりだ？　いや、どういうつもりでもいい。こいつは俺のだ、おまえにはやらん。欲しいなら、俺を倒して奪え」

「なに馬鹿なこと言ってんですか。八坂はそんなことしないし、俺はあなたのじゃ……」

伊崎は戸惑いつつ八坂のことは庇《かば》ってやらないといけないような気がした。南元に睨まれただけで八坂は気の毒なほど青ざめている。臆病だからこその匿名《とくめい》メールだったのだろう。

「俺は、恥も外聞もなく、おまえの意思も関係なく、おまえを攫《さら》いにきた」

怪我《けが》をしている左手で引き寄せられ、抗う間もなくその胸に抱きしめられる。

「お、俺の意思は大事だと思うんですけど」

抱きしめられたまま抗議する。

「八坂、おまえの危惧は当たりだ。こいつは俺がいいんだよ。んでもって、もうひとつの危惧は外れだ。俺に今、彼女はいない。裏からこそこそ手ぇ回してる間に、本気でぶち当たっときゃよかったのになあ。でももう手遅れだ。俺の本気は俺にも止められねえ」

南元が鋭い目のままニィッと笑った。その笑顔は初めて見た。解放されて自由を手にした野犬という感じ。全身から好戦的で危険なオーラが漂《ただよ》う。

「……いや。僕は……友達で、いいです。友達として、伊崎くんの幸せを見守ります……」

直立不動で八坂は言った。すごく小さな声で。

「そりゃ賢明だ。俺もできれば法に触れることはしたくない。まだ刑事をやっていたいんだ、こいつと」

ニカッといつもの陽気な笑顔に戻り、伊崎の頭を抱き寄せた。

南元が言った最後の言葉が、伊崎の胸にストンと落ちて馴染《なじ》む。自分の一番護りたいものがわかったような気がした。


南元に腕を引かれ、当然のように伊崎の部屋を通り越し、かなり乱暴に横付けされた南元の車に乗せられた。

特に会話もなく辿り着いたのは、見知らぬ民家の駐車場だった。民家といってもいいのか悩むほどの大きな和風邸宅《ていたく》。白壁の長い塀と檜皮葺《ひわだぶ》きの屋根をいただく立派な数寄屋門《すきやもん》。千本格子の戸を開くと、石畳《いしだたみ》のアプローチが緩いカーブを描いて玄関へ。庭も立派な庭園だったようだが、そこは手入れされた様子もなく雑草が生えて荒れていた。

「え、なんですか、ここ……」

南元は中に声を掛けることもなくどんどん入っていくが、手を引かれて歩く伊崎は及び腰だった。

「ここは俺の実家だ。今は誰も住んでない」

「え？　あ、そう……すごい家ですね」

なるほどあのマンションを普通だと言うはずだ。別に謙遜《けんそん》なんかじゃなかった。一般的な日本家屋よりやや狭いくらいの家で育った伊崎とは、普通の基準が違うのだ。

門に屋根が載っていて、そこから玄関まで十メートル以上ある。もうその時点で家を見なくてもお金持ち確定。これで家が貧相《ひんそう》なんてことはない。

白木の引き戸を開けば、四畳半《よじょうはん》くらいの三和土《たたき》が現れた。南元はそこで無造作《むぞうさ》に靴を脱ぎ、廊下をずんずん歩いていく。

「もう十年以上無人だが、家の中はたまに掃除してもらってるからわりときれいだぞ」

確かに埃《ほこり》っぽさは感じない。廊下の木目もつやつやに光っている。階段を上がってすぐのドアを開けると、広いけれどわりと普通の男の子の部屋が現れた。ベッドと学習机と本棚《ほんだな》。大きな窓にはブルーのカーテンがかかっているが、物はほとんどなかった。

「ここが俺の部屋。といっても、高校生の時に父親が死んでこの家を出たから、ガキの部屋って感じだな」

前にチラッと家の話をしてくれたことがあった。しかしその時自分は逃げたのだ。深く知るのが怖くて。

「お母さんはいらっしゃらないんですか？」

今日はたぶん一番重いところではないか、というところに自分から踏み込む。南元はニッと笑って口を開いた。

「母親は俺が五歳の時に死んだから、ほとんど覚えてない。でもこの家にはいつもたくさん人がいた。父が日本画家をしていて、弟子《でし》とかお手伝いさんとか、いろんな人が一緒に住んでたんだ。まあ……お手伝いさんってのはだいたい父の恋人だったけど」

「あ。ああ……なるほど」

南元の人間形成の根底が見えた気がする。

「常に複数のお手伝いさんがいて、みんな仲よく楽しそうにやってたよ。俺の知らないところでなにかが起こっていた可能性がないとはいえないけど……。今思えば、みんな自分は本命じゃないって納得してたんだ。一番以外はみんな一律。だから父は、来る者拒まず去る者追わず、だった」

「本命って……お母さん？」

「だったみたいだな。俺は全然気づいてなかった。物心ついた時には父の恋人が複数家にいたんだ。死んだ妻のことなんて大して好きじゃなかったんだろうって思うだろ？　でも違った。ついさっきわかった」

「ついさっき？」

「おまえをここに連れてこようと思って、家の様子を見にきたんだ。で、なんとなく父のアトリエに入った」

そう言って南元は部屋を出ると、二階の突き当たりの部屋のドアを開け、さらにその奥の襖《ふすま》を開けた。

「うわぁ……」

そこはまるで夕焼けに包まれているような真っ赤な部屋だった。広さは二十畳ほど。襖には赤の濃淡で山の稜線《りょうせん》と空が描かれ、壁も赤、カーテンも赤、絨毯も赤。

「ここは、父以外立ち入り禁止だった。俺はたまに入れてもらってたけど、中学くらいからは、近づくこともなくなってた。一度、こんな真っ赤な部屋で、ちゃんと色がわかるのかって訊いたことがある」

確かにこんなところにずっといたら目がおかしくなりそうだ。

「そしたら、『正しい色なんてわからなくていいんだ……俺はこの色を通してすべてのものを見ているから、ここで描く色が俺にとっての正しい色だ』って。なんのこっちゃわけのわかんねえこと言って。『これは赤じゃなくて朱《しゅ》だ。そこは間違うな』って妙なこだわり見せてた。その時は、芸術家面倒くせえ……くらいに思ってたんだけど」

南元はアトリエの奥へと歩いていって、自分の背の高さほどの棚の前に立ち、観音開き《かんのんびら》きの戸を開いた。中には紙や筆、画集やなにか鉱物のようなもの、そして絵の具など、絵に必要なものがいっぱい詰まっていた。

「これが朱色。はんこ押す時の朱肉の色だ。赤よりちょっとオレンジがかってる。でもまあ、たぶん色自体はどうでもいいんだ。ここに母さんの写真が入ってて、それで不意に思い出した。母さんの名前が朱美《あけみ》だってことに」

南元は開いた色見本帳を棚に戻し、その横にあった写真立てを取り出して伊崎に見せた。

「これが俺の母親。朱色が美しいって書いて、朱美だ」

おだやかに微笑んでいるその女性は、母と呼ぶにはあまりに若く美しかった。形容詞をつけるなら、可憐《かれん》、だろうか。南元はたぶん父親似なのだろう。

「なんだ、親父はずっと母さんが一番だったんだ……って思ったら、なんかいろんなことが腑《ふ》に落ちた。で、その瞬間に、高木の野郎から電話がかかってきたんだよ」

「え？　ああ、高木さん……。口止めはしなかったけど、そういうお節介はしない人だと思ってた」

「俺も思ってたよ。かけてきた本人も、なんか急に電話する気になったたって言ってたな……。俺としては、父か母が可愛い息子《むすこ》のために霊的《れいてき》な念みたいのを高木に送ってくれたんじゃないかって、思ったり思わなかったり？」

「なんでそれが可愛い息子のためになるんですか？」

眉根を寄せて問いかければ、南元がニヤッと笑う。

「そりゃ、可愛い息子の一番の相手に、魔《ま》の手が伸びそうになってるぞって教えてくれたんだろ。おまえ、あいつとなにする気だった？」

ネクタイの先を引っ張られ、間近に顔を寄せて尋問口調で問われる。しかし伊崎の頭の中は、一番……一番？　一番……とその単語ばかりがぐるぐる回っていた。

「おいこら、吐けよ」

「い、一度なら寝てもいい。けど、それやったら以降友達とは思わない。って言ったら、あいつ悩んで、フィフティ・フィフティって感じだった」

思わず正直に自供する。

「なに言ってるんだ、おまえは」

言えと言ったくせに、南元は聞いた途端に目に見えて不機嫌になって、頭を抱えた。

「でも、あいつはたぶん南元さんが来なくても踏みとどまったよ。真面目で気の小さい奴だし、最後は性欲より罪悪感が勝ったと思う」

「なるほど、そういう見立てか。だが甘いな。罪悪感なんかものともしない強い感情ってのがあるって、まあこれもさっき身をもって実感したばかりなんだが」

「さっき……ですか」

「八坂がおまえに手ぇ出してたら、ぶん殴ってただろうな。たとえおまえが合意だとしても。いわゆる独占欲とか、嫉妬《しっと》とかいうやつだ」

南元の口から南元らしからぬ言葉がどんどん出てくる。

「なんかさっきからおかしいですよ、南元さん。ちゃらんぽらんのロクデナシはどこに行ったんですか」

ぐいぐい来られると逃げ腰になってしまう。幸せになる可能性を自分から捨てることはない、と八坂に言われて、その通りだと思ったのに。

「そんなもん知るか。俺を勝手に型にはめんな。俺は常に自由だ」

「自由だから……自由でいてほしいから、俺は駄目なんです。俺はたぶん黙っていられなくなる。すごく面倒なことを言うようになりますよ？　今はまだ自分を抑えることができるけど……」

「抑えなくていいって、俺は何度もおまえに言ってるぞ？　俺はわがまま言われるのも甘えられるのも好きなんだよ。なんでも言え。叶えられることは叶えてやる。全力で」

「俺は、言いたくないんです！　自由な南元さんが好きだから。南元さんの生き方を縛《しば》るようなことは」

「おまえは先回りして心配しすぎなんだよ。俺の自由を甘く見るなよ。おまえがなにか言ったくらいで制限されたりしない」

「それって……俺の言うことを聞く気はないってことですよね？　矛盾してません？」

「ケースバイケースだって言ってんだよ。人と人はぶつかり合ってなんぼだろ。言いたいこと言い合わなきゃ駄目だって、いろんな人に教えてもらったはずだ」

被害者に、容疑者に、遺族に……教えられることは少なくない。言いたいことは言っておかないと後悔する。口に出しさえすれば誤解は回避できた、幸せな未来を掴めたかもしれない。もちろん、言わなきゃよかった……ということもあるけれど。

人の時間は無限ではない。悩んでいる間にも時間は進み、後ろを向いていても時間は止まらない。きっと後悔がなくなることなんてないから、悩むよりぶつかった方が早い。

そしてきっと楽しい。

「じゃあ言わせてもらいますけど、俺が一番でも、二番とか三番とかがいるんでしょう？　俺はすぐ不安になるし、意外に独占欲も強いみたいで。みんなで楽しく和気藹々とかできませんから」

「二番も三番もいねえよ。もうとっくにおまえだけなんだよ、俺は。自分でも、ひとりだけで大丈夫なのか？　なんて思ってみたりもしたんだが、どうやら数じゃない。ここに来て確信した。本命ならひとりでいい。むしろ二人きりがいい」

正面から、肩に両腕が置かれて頭を包み込まれる。南元の朱に染まった顔の、瞳《ひとみ》だけが澄《す》んで真っ直ぐに自分を見つめる。

「俺が本命って、本気ですか」

「おまえはもっと自分に自信を持て。この俺にひとりでいいって思わせたんだぞ。そんな奴は今までひとりもいなかった。今まで一度もそう思ったことがなかったんだから」

「一度も？」

訝《いぶか》しく問い返せば、南元は額を合わせてニヤッと笑った。

「これは父親譲りの血なのかと思ってたんだが、どうやらただの寂しがり屋さんだったらしい」

「寂しがり屋さんとか、なに可愛らしい感じにしようとしてるんですか。ただの浮気性でしょう？」

「浮気じゃねえよ、本気がなかったんだから」

「屁理屈《へりくつ》」

「ハハハ、やっぱおまえのその、あー言えばこー言うのいいよな。なんでも思い通りになるなんてつまんねえよ」

笑いながら抱きしめられ、伊崎は抵抗すべきか悩んだ。思い通りがつまらないなんて言われたら、素直になりづらいではないか。

しかし、考えあぐねて動かずにいると、そのままその場に押し倒された。

「は？」

まさかここでそうされるとは思わず、驚いて南元を見上げれば、天井にまで朱色の布が張られていることに気づく。どんだけ好きだったんだよと、見たこともない南元の父親に、心の中で突っ込みを入れた。

「もうなんの問題もねえよな。おまえは俺が好き。俺はおまえオンリー」

南元にとって大事なのは『今』。過去でも未来でもない、今の気持ち。今を楽しく生きること。単純明快。

「問題は発掘すればいくらでもあると思うんですけど……。今一番の問題は、まさかここでやる気なんじゃ？　ってことです」

「落ち着かない？」

「そりゃそうでしょう」

亡き人とはいえ、両親の愛の部屋みたいなところで、その息子といたすのは気が引ける。しかも自分は男だ。喜んでもらえるとは思えない。

「気にするな。禁断の恋っての？　うちの親もそれだったらしいぞ。父は大学で絵を教えていた時に、二十歳《はたち》の教え子に手を出して孕《はら》ませた。ギリギリだろ？」

「ギリギリっていうか……」

アウトのような気もするが、とりあえず法には触れていない。

「恋に落ちたら、常識とか世間体《せけんてい》とか、そんなのは無力。俺はおまえのおかげでやっと、親父の気持ちがわかった気がする」

「そ、そうですか……お力になれたのなら……なにより」

なんだか無性に照れくさくて目を逸らした。南元が自分に向かって、愛だの恋だの言っているのが信じられない。だけど、すごく嬉しくて、頬が自然に熱くなっていく。

「ザキ、真っ赤だぞ。表情あんまり変わらないのに色に出るな、おまえ」

「部屋のせいです」

「朱の中でも赤は赤。いい感じに色っぽいぞ？」

「やっぱり、この部屋はやめましょう」

落ち着かない。色の力でひどく乱れてしまいそうなのも怖い。

「んー、ちょっとこう……悪いな」

南元の顔が近づいてきて、口づけられる。耳を掴まれ、その裏を指でなぞられればゾクッと背筋が震えた。薄く開いた口に南元の舌が強引に侵入してくる。

どうやら、やる気だ。結局この男はやりたいようにやるのだ。意見も文句も言わなきゃ損、なのかもしれない。

「ん……んっ……」

でも実力行使で言葉を吸い取られてしまう。

スーツの上着は脱いだまま。薄いシャツの上から胸を撫でられるだけで、抵抗する気力まで吸い取られる。

唇が離れた時にはもう身体に力が入らなくなっているのだから、たぶん自分はちょろい。

「フフ……やっぱり俺の直感に狂《くる》いなしだったな。なんかわかんねえけど、おまえのことは気になってしょうがなかった。おまえに誘われて、男もありなんだと思ったら堰《せき》が切れて、その後は怒濤《どとう》だった。この部屋に辿り着くことになるとは、さすがに思ってなかったけど」

そんなことを言って、南元は上半身をすべて一気に脱ぎ捨てた。朱に染まったたくましい胸板。視覚が性的興奮を高め、同時に背徳感も高まる。

「ここって……お父さんの仕事場、なんですよね」

「おまえなんか妙に仕事場にこだわるよな。気にすんな」

「気になるんです。俺は子供の頃から剣道場に通ってて、神聖な場所ではふざけるなってすごい厳しかったし、うちの父親は教師で、書斎で遊ぶと怒鳴《どな》られたし……」

「なるほど。おまえの頑なさのわけがちょっとわかった気がする。けどまあ、気にすんな」

軽い調子で同じ言葉を繰り返された。どこまでもマイペース。

南元は笑いながら伊崎の首からネクタイを引き抜き、シャツのボタンを楽しげに次々と外していく。

気にするなと言われても、伊崎は気になって仕方がないのだが、南元といるとそれも些細《ささい》なことのような気がしてくるから不思議だ。

南元の指が胸の柔らかいところを撫でて芯《しん》を尖らせる。それを引っかかれると、敏感に腰がくねる。引っかかれたところを癒《いや》すように濡《ぬ》れた舌が覆い、舌先がチロチロとご機嫌を伺う。

「や、ぁ……あ……」

南元の胸を反射的に押し戻していた。逃げたいわけではなくて、それがもう癖のようになっている。理性を保っていたい。容易に溺《おぼ》れてしまいたくない。

「ちょっと待っ……待って、あ、んっ……」

抗う腕を摑んで開かされ、首筋に吸い付かれる。そこに小さな痛みが走り、鬱血《うっけつ》ができただろうとわかる。キスマークなんて今までつけられたことはなかった。

南元の触れた証《あかし》が身体に残る。時としてそれは傷害罪の証拠にもなるが、今はただ南元が自分を強く欲してくれた証。痛みも喜びでしかない。

「ザキ、逃げんなよ。とことん一緒に……溺れようぜ」

そんなことを言われたら、理性を保つことになんの価値も感じられなくなる。平静なふりなんてしてもしょうがない。

「ん、あ……南元さ……南元さん、俺、俺、好き……」

言葉が口から溢《あふ》れ出て、しがみつくようにぶ厚い身体を抱きしめる。

その瞬間に心がフッと軽くなって、楽に息ができるようになった。南元の顔は見えなかったが、髪を撫でられて口元が緩む。

「いいね。和毅って言えたら、もっと気持ちいいことしてやるぞ、真悟」

甘やかすような声で囁かれれば、恥じらいを覚える理性はまだ残っていた。

でも、わかったのだ。逃げるから怖くなって、待っているから不安になる。こちらから飛び込んで、巻き込んで、積極的に溺れてしまえば、きっと怖くない。不安も感じない。

「和毅……して」

精一杯、恥ずかしさを堪《こら》えて口にした。

「ん？　聞こえなかった、もう一回」

調子に乗ってそんなことを言うから、顔を上げて思いっきり睨みつける。

「やっぱり真っ赤だ。可愛いぞ、真悟」

南元は昼間のように快活に笑い、しかし目だけは夜の艶《つや》を帯びてじっと伊崎を見つめる。

睨みは徐々に緩んで、伏し目がちに視線をさまよわせた。

「無駄口叩いてないで、さっさとしろよ」

居たたまれなくて乱暴な口調で言えば、南元は笑って了解した。

「仰《おお》せのままに」

ゆっくり優しく、しっとりとねちっこく。南元の指が肌の上を滑る。その跡を追うように唇が落とされて、時折我慢できぬというように強く吸い上げた。

「ん……あっ、あ、……っ」

痛みは心地よく、癖になってしまいそうだ。パンツを剝《は》ぎ取られて、むき出しになった股間はすでにその痛みを期待しているかのように頭をもたげている。

早く触れ、早く吸い上げろと南元を誘う。

「ここはわりとふてぶてしい」

そんなことを言いながら南元はキスを落とした。

「あなたほどじゃ、ないです」

足を上げて、膝頭で南元の股間のふてぶてしいものに触れる。押し戻すほどの硬さにホッとして、途端に身体の奥まったところが早く欲しいと疼《うず》きはじめた。

「真悟、なんでも言ってみろ。どうしたい？　どうしてほしい？」

もっとゆっくり感じたい気持ちと、早く絶頂を味わいたい気持ち。込み上げるのは求める感情ばかりで、もうどこにも躊躇《ちゅうちょ》や逃げの感情はなかった。

南元を信じる。一緒なら溺れるのも怖くない。どんな危険な場所にだって一緒なら踏み込んでいける。

思い込みは激しい方だ。こうと決めたら突き進む。恋愛以外はそうやって生きてきた。

「もう、欲し……和毅が欲し……」

素直に望みを口にする。

「んー？　和毅はもっと楽しみたいんだけどなあ」

しかし素直に聞き入れてくれるつもりはなさそうだ。

「早く……」

「だってここはまだ溶けてないぜ？　まだ二本がキチキチだ」

後ろに指を入れて中で動かす。二本の指が中でうごめく。

「あぁっ……ん、ん――い、入れたら、溶ける……大丈夫」

指に感じて腰を揺らしながら、もっと大きなものを、と訴える。

「ふーん。強引にされるの、好きそうだとは思ってたけど……やっぱそうなんだ？　過去に嫉妬するなんて、初めての経験だ」

指が抜かれたから、違うものが入ってくるのだと期待した。

しかし南元は己のものと伊崎のものを一緒に掴んで扱きはじめた。

「あ、あ、なん、で……？」

「んー、意地悪？」

擦り合わされるのも気持ちいいのだが、後ろが不満を訴える。

「い……やだ、欲し……」

口でお願いしても無視される。

だから両手で南元の顔を挟んで自分の顔を近づけた。少し上目遣いに睨む。

「入れろよ」

ドスをきかせようとしたが、それには失敗した。上ずった声は脅しというより懇願《こんがん》だった。

「ハ、ハハ……やっぱいいわ。おまえサイコー」

笑いながらキスされる。少しも怖がってもらえない。

「可愛かったから言うこと聞いてやるよ」

意図した受け取られ方ではなかったが結果オーライだ。後ろに熱いものが押し当てられれば不満も消える。

両足を持ち上げられ、南元の身体が前傾してきて強引にそれが押し入ってきた。

「う……んっ、は、ぁ……っ」

嬉しい。ゾクゾクする。けど、きついものはきつい。

「抜くか？」

南元の顔も少し苦しげだ。

「嫌だ。いや、来て……嫌？」

自分の意見を主張しつつ、気になって問いかける。

「嫌じゃねえよ。こっちは必死で加減してるってのに……知らねえぞ」

「加減なんて、いらな……」

言い切らないうちに腰を進められて息を呑む。グイグイと押し入ってくるのを、生理的に拒もうとする自分の身体を必死で宥《なだ》める。といっても、できるのは呼吸を深くすることくらいだ。

南元がさらに前傾してキスをしてきて、それに応えているうちに奥深くまで入っていた。

「動くぞ」

南元はそう断ってゆっくり腰を引き、浅く突いて、深く埋める。次第にその動きが速くなって滑らかになる。

「あ、あ、あ……南元さ、いい、あ、あぁ……」

「和毅、だろ？」

「かずき、和毅……あ、あ……熱い、熱……」

はち切れそうになっていた伊崎のものを南元の手が包み込み、ほんの三擦《みこす》りほどで我慢できなくなる。

「あ……いや、出る……出る、ん、んンッ――」

白濁が腹の上に、そして朱の絨毯の上にも散る。

「白いのがまた淫靡《いんび》だな」

南元は満足そうに言って、また動きはじめた。先に自分だけイッてしまったのが伊崎は不満だったが、南元はそれで心置きなく動けるようになったようで、自分の快楽を追っている余裕のない顔を見て、また身体が熱くなる。

気持ちよさそうなのが嬉しい。

南元の昂揚した身体も朱に染まり、汗に濡れて光っている。

「ハ……ァ、……ん、出る……出すぞ」

凶器のような激しさを包み込み、奥に熱いものを受け止める。

被さってきた身体を抱きしめれば、抱きしめ返された。交わされたキスは溶けそうなほど熱く、目を閉じても消えない朱色は体内の色を思わせた。

溶けて相手の身体の中に入り込み、ゆっくりと眠りにつく。

「真悟、次は一緒にイクぞ」

その声が夢見心地を現実に引き戻した。自分が好きになった人は愛にも体力にも溢れている。ひとりでは受け止めきれないほどだが、全部受け止めてみせる。

「了解」

「おまえな……仕事じゃないんだから」

「じゃ、俺は疲れたんで、ひとりで抜いてください、ってことで」

「おいー」

情けない声を出して抱きしめ、腰を押しつけてくる。

「冗談です。俺もまだしたいけど、やっぱり布団《ふとん》は欲しいです」

「はいはい」

言いたいことを言い合って、なにが待っているかわからない明日に向かって歩き出す。

悲しい現実ばかりを見る仕事だけど、現実は悲しいことばかりではない。できるのはただ必死に生きることだけ。

「ザキ、ここに一緒に住むか？」

「え⁉　さすがにここは広すぎませんか」

同居とか同棲《どうせい》とか考える以前にそれが気になる。

「前は、この家に住むなら五人くらいはいないと寂しいだろうって思ってたんだが、おまえならひとりでこの家を温かくしてくれそうだ」

「それはちょっと……」

「おまえはすぐ自分を過小評価するが、それくらいの熱量は充分持ってるぞ」

「過小っていうか、俺はクールが売りなので」

「それを売りにすんの、やめとけ」

南元は押し入れを開けたり閉めたりしていたが、布団は見つからなかったらしく、南元の部屋へ戻ることになった。普通の色調の部屋に、かえって目がチカチカする。

南元のベッドは若干狭かったが、いちゃいちゃするにはちょうどよかった。

一緒にイケなかったからと理由を付けて、南元は何度も伊崎ばかりをイカせ、伊崎がへばった頃にタイミングを合わせて終わらせた。

まるで耐久レースだと伊崎は文句を言う。

「でも、気持ちいいだろ？」

「それは……いい、ですけど。俺ばっかり」

「俺はおまえの気持ちいい顔見てるのが気持ちいい」

もうなんだかすごく恥ずかしくて、南元の胸に顔を突っ伏して荒い息を整える。その背に腕が巻き付いてきて、ぎゅうっと抱きしめられた。

幸せになる可能性を捨てなくてよかった。今のこの幸せだけでもそう思う。

「俺はたぶんすごく嫉妬深いですよ」

なに分、南元の過去の所行が自由すぎたので、どんなことも疑ってしまいそうな気がする。

「おまえの願いは全力で叶えてやるって言ったろう。俺を独占したいなら、そう言え」

「言い続けないといけないんですか」

「そう。俺が好きだ好きだ、誰にも渡したくない！　て言い続けろ。その方が俺が楽しい」

「なるほど」

南元は人生を楽しむことに貪欲だ。それに協力できるのはやっぱり幸せだ。

「もう逃げんなよ。思うように生きられるなら、そうしない理由なんかない」

――南元がマンションの七階から落ちたと思ったあの時、生きてさえいてくれればそれでいいと思った。でも、一緒に生きたいと言ってもらえた。そうできるのに、しないなんて贅沢すぎる。

したくてもできなかった人がたくさんいる。今を精一杯生きるのが、自分にできる唯一のこと。

「逃げません。食らいついていきます」

絡み合って天に昇る竜になれなくても、噛みつき合って地を這《は》うヘビでいい。無様で見てくれが悪くても、共に生きていければなんでもいい。

「いいね。すっげえ楽しそうだ」

南元がニッと笑うと天下無敵だと思える。南元にもそう思ってほしくて笑ってみせたのだが、なぜか組み敷かれて散々泣かされることになった。


「はーい、管理官の高木だよ。僕になにか付け届けはないのかな、南元くん」

殺人事件で捜査本部が立ったのは、それからわずかに一週間後。しかも管理官として高木がやってきた。

南元の機嫌の悪さは今まで見たこともないほどで、鑑識作業の間中、睨まれていた八坂は可哀想なほど怯えていた。

「高木警視、南元さんを煽らないでください」

「あんまり幸せだと真悟は不安になるだろ？　だから僕がヒールを買って出て、小さな波風を立ててあげようっていう優しさだよ」

「いりません。その回りくどい微妙な優しさ」

「真悟には幸せになってほしかったけど、南元の幸せな顔なんて見たくないんだよ。ああ、楽しくない」

結局二人は同族嫌悪なのかもしれない。自分が一番楽しくなくちゃ気に入らない。

「すみません、南元さんはたぶん……ずっと幸せですよ」

伊崎としては軍配を南元に上げるしかない。

「よし、いいこと言った」

伊崎の後ろからヌッと現れた南元は、勝ち誇った顔で高木を見下ろした。

「その幸せは僕のおかげなんだ。警視様と呼べ」

高木は腰に手を当てて胸を張ったが、

「はいはい、警視様警視様」

南元にあしらわれて唇を曲げる。

「さあ、さっさと犯人挙げて、いちゃいちゃするぞー、相棒」

「やる気の出所が不純です。そして不謹慎《ふきんしん》です」

言ってもしょうがないこともあえて言う。

「楽しみながらスピード検挙。管理官の株が上がって一石三鳥、いいことづくしじゃねえか。行くぞ」

「はい、相棒」

南元がニッと笑えば、伊崎も自然に笑う。

ムッとした顔の高木を会議室に残し、二人は誰かの無念を晴らすべく現場へと向かった。

あとがき

こんにちは。作者の李丘那岐です。

このたびは「ロクデナシには惚れません」お買い上げいただき、誠にありがとうございます。

数多ある本の中から「ロクデナシ」を選んでくださったあなた。

ダメンズ、好きですか？（笑）

いやいや。現実のロクデナシは嫌ですよね。疲れますよね。他人事だと思えばこそ、気楽に楽しめるかと思います。人の不幸も幸せも蜜の味。

でも私は、そんなにロクデナシじゃないんじゃないか、と思ってるんですが……どうだったでしょう？

一応、刑事ものですが、難しく考えることなく楽しめるテイストになっております。つまり、事件の謎解きを楽しみたい、という方には物足りないかと……。これでも足りない脳みそを絞って絞って絞り出したんですけどね。本格刑事小説ではないということで、どうかご容赦を。

あとがきで言い訳するって格好悪いんですけど、あとがきになにを書けばいいのか未だによくわからないんです。あとがきは苦手なんですよーという言い訳もしてみる。

そしてもひとつおまけに言い訳。じゃない、お詫びを言わせてください。

読者様には無関係なことではございますが、この場を借りて懺悔です。イラストレーター様はじめ、各位に多大なるご迷惑おかけ致しましたこと、誠に申し訳なく思っております。

ええ、私こそが現実世界に存在する、人を疲弊させるロクデナシでございます。

しかし皆様はプロフェッショナル。さすがのお仕事にロクデナシ歓喜。

南元はおっさん格好よく、伊崎はきれい格好よく、高木がまた胡散くさくて、最高です。カバーラフに描いてもらった高木を外した方がいいのかどうか、担当さんとちょこっと悩んだんですけど、消すなんてもったいなすぎる！　ということで残してもらいました。新刊で買っていただいた場合、帯の下になっているかもしれないので、どうぞめくってみてください。まるで小道具のひとつのように奴がいます。フフフ……嬉しい。

個人的に南元がめっちゃ好みのタイプです。ビジュアルのみですが。

ヤマダサクラコ様、素敵なイラストを誠にありがとうございました。

編集、校正、デザイン等々、皆様それぞれに素晴らしい仕事をしていただきました。厚く御礼申し上げます。

そしてお読みいただいたあなたに一番の感謝を。誠にありがとうございます。少しでも楽しい時をすごしていただけましたら幸いです。

みなさん、人生を貪欲に楽しんでくださいね。私も貪欲に、いつか本格刑事小説とか書いてみ……ないな。それはないです。

いつかまたこの二人のお話を書くことができますように。もうちょっと活躍させてあげられますように。

そしてまたあなたとお会いできますように。

幸せになることを諦めちゃ駄目だって誰かが言っていたので、私も精いっぱい頑張ります！

それでは。

二〇一四年　ロクデナシ作者〇〇回目の誕生日の数日後に……

李丘那岐

✦初出　ロクデナシには惚れません……………書き下ろし

李丘那岐先生、ヤマダサクラコ先生へのお便り、本作品に関するご意見、ご感想などは
〒151-0051 東京都渋谷区千駄ヶ谷 4-9-7
幻冬舎コミックス　ルチル文庫「ロクデナシには惚れません」係まで。

幻冬舎ルチル文庫
ロクデナシには惚れません

2014年7月20日　　第1刷発行

✦著者　李丘那岐　りおか なぎ

✦発行人　伊藤嘉彦

✦発行元　株式会社 幻冬舎コミックス
〒151-0051 東京都渋谷区千駄ヶ谷 4-9-7
電話 03(5411)6431［編集］

✦発売元　株式会社 幻冬舎
〒151-0051 東京都渋谷区千駄ヶ谷 4-9-7
電話 03(5411)6222［営業］
振替 00120-8-767643

✦印刷・製本所　中央精版印刷株式会社

✦検印廃止

ISBN978-4-344-83183-4　C0193　Printed in Japan

「幻冬舎ルチル文庫」

大好評発売中

李丘那岐

イラスト 角田緑

［花魁道中天下御免］

本体価格619円＋税

呉服問屋の次男坊、剣術に明け暮れる次郎は齢十六。しかし裕福だった家が傾きいよいよ姉が身売りするしかないのを留め、次郎は代わりに己が花街の住人となると決めた。初めて目にする道中、花魁を狙う狼藉者を鮮やかに成敗した男に心奪われる次郎。廓の用心棒を務めるその男、信之介に剣術指南を乞うが、艶事の手ほどきまで受けることとなり……？

発行●幻冬舎コミックス　発売●幻冬舎